女の偏差値

林 真理子

マガジンハウス

女の偏差値

目次

親切は無償の愛

悪いことした？

ただ好きなだけ

女の偏差値

イラスト・著者

親切は無償の愛

爪先は盲点…

今年（二〇一七年）の秋、突然アレが嫌いになった。

アレというのは、黒のタイツである……。

若い人がカジュアルな服に合わせるのはいい。とても似合っている。

しかし私はスーツだろうと、ワンピだろうと冬はいつも黒のタイツであった。それも50デニールのやつ。

ある女優さんと対談することになり、出版社が昨年の写真を送ってきた。その時も同じ女優さんと対談し、二人で撮っているのだ。雑誌のお正月号なので、相手の方は綺麗な和服をお召しだ。しかし私はといえば、どうっていうことのないスーツに、いつもの黒のタイツをはいている。ものすごくダサく、手を抜いているように見えた。

そして事件は起こった。先週のことである。あるお金持ちのうちに遊びに行くことになった。日本家屋だということは聞いていたので、うんといいヒールを履いていった。雨なので本当はボロいのにしたいところであるが、それで何度も失敗してきた私。ある時など、大雨の日にそろそろ「お役ごめん」の靴で、じゃぶじゃぶ水たまりの中を歩いたところ、午後から急に晴れ上がった。立派な応接間に通され、いろいろ喋《しゃべ》っているうち、ふと足元に目をやった。そして思わずキャッと叫んでいた。

なんと黒いローファーいちめんに、塩がふいていたのである……。

が、今回はもうそんなことはないはず。だって買ったばかりのブランド靴だもん。靴を脱いで玄関に置いても、そう恥ずかしいことはないはず。

「最近新しくつくったお茶室見て」

と立礼《りゅうれい》式のお茶室に通された。立礼席というのは、座っていただける椅子式のやつだ。高齢化に伴って、どんどん増えている。

床の上を歩いて、ふと自分の足元に目をやり、久しぶりの「キャッ」。

白いゴミがいっぱいついているではないか。タイツは洗う時ついぞんざいに洗う。ひとまとめにしてネットに放り込んで洗たく機に入れる。その報いがこの白いゴミなんだ。恥ずかしい。靴までは注意したが、タイツの爪先までは気がまわらなかった。それでこのありさまである。

そして私は心に決めた。

「もう黒のカジュアルコーデ以外、黒タイツははかない」

それまで茶のコーデに、やはり薄いブラウンのタイツを合わせていたのであるが、これもどうやら野暮ったいらしい。

ファッション誌によると、ミッドナイトブルーに、とある。

なんだかよくわからない。それでうちのタイツ、ストッキングの棚をひっくり返した。すると出てくるわ、出てくるわ。高級ブランドタイツというやつですね。

ちょっとしたお礼に、ストッキングをいただくことがある。それをここにためておいたのだ。ママ友の一人に、いつも模様入りのタイツをはいている人がいるが、彼女からも何足ももらっている。とても高いものらしいが、タテの線が何本か入ったベージュとか、透かし模様が入ったグレイとか、使いづらいものばかり。ほうっておいたのであるが、今回紺色のスーツに透かし模様を合わせたら、なんだかいいじゃないですか。黒タイツよりはるかにいい。

これからはこういう高級タイツにしようと、私が行ったところは東京駅の大丸一階。

デパートはタイツがとても充実しているのであるが、なかなか行く時間がない。が、この靴下売り場は東京駅と直結している。よって新幹線に乗る前に買える。

しかしいいカラータイツや模様入りのものはとても高い。いつも買うコンビニのものとはえらい違いだ。なのに六足もいっぺんに買いましたよ、六足も。足先からちゃんとおしゃれをしよう、本当に。

ところで、今朝私はクローゼットの大探検に出た。オペラの初日のために、フォーマルのものを着ようと思ったのだが、いつものようにどこかに消えてしまっているのである。私の場合、悪夢のように服が消える。季節が変わり、

「あれを着よう」

と思ってもすんなり出てきたことがない。

特にめったに着ないフォーマルは本当に困る。よってどうしようもない時は着物にすることもあるのだが、今回はオペラがはねた後は、みんなで食事に行くことになっている。おそらく真夜中まで飲むことになるだろう。着物だとつらいかも。

確か昨年、友だちの結婚式のために買ったPRADAの黒いドレスがあったはず。それが行方不明。しかし私は、まだ値札のついた黒のスパンコールジャケットを発見。

買ったことさえ忘れていた。そのうえ、ＰＲＡＤＡのドレスも、奥の方から救出されたではないか。ドレスの上にジャケットをはおったら実にいい感じである。こうなったらバッグよねーとガサガサ。靴はシャネルのパールいっぱいのサンダルがあるし。そう、ストッキングも忘れちゃダメ。うんと薄いノワールにするか、ナチュラルにするかずっと考えている。最後は誰かおしゃれさんに聞いてみよう。

パンダのアンアン、花になる

私が初めてオペラの台本を書いた「狂おしき真夏の一日」が、上野の東京文化会館で四日間にわたって上演された。

作曲が三枝成彰さん、演出が秋元康さんだからものすごい話題となった。歌手の人たちも超一流の方々である。

ロビイのスタンド花はなんと百二十六！　これは東京文化会館始まって以来の数ということだ。中でもいちばん人々の目をひいたのは、アンアン編集部から私に贈られたお花。なんとアンアンマークの、パンダの形をしているのだ。

「こんな可愛いの見たことない」

信じられないほどかわいいと、
評判の花
林真理子様
anan編集部一同
anan
白いバラで出来てる！

と女性たちがみんなスマホで撮っていった。行列が出来たぐらいだ。

さすがアンアン編集部。ものすごくセンスがある。私の担当のシタラちゃんが、花屋さんと一生懸命考えてくれたみたいだ。

私のような仕事をしていると、人にお花を贈ったり差し入れをすることが多い。そういう時、センスがものをいうので、私はすごーく張り切る。

しかしお花を贈るのはむずかしいかも。私の友人は、

「あんまり大きくて派手なのは、芸能人みたいで恥ずかしい」

とよく言っている。

お芝居を観に行くと、ロビイにズラーッとお花が、これでもか、これでもか、という感じで並んでいる。ある時キラキラ光る風船がいっぱいついた、大きなものすごく目立つお花があった。札を見ると、新宿のとあるバーからであった……。

私は小さくてもセンスのいいものを心がけている。頼むのは友だちのフラワーアーティストだ。

彼女は昔、芸者さんをしていた。谷崎潤一郎の世界に憧れて入ったそうだ。一流どころの売れっ子芸者さんだったのだが、三十半ばでパリに行ってしまった。

人生をリセットするため、お花の勉強を始めたのである。

パリに行った時に会い、ホテルのバーで夜中まで話し込んだこともあったっけ。色っぽくて美しい女性であるが、ずうっと独身だった。しかし「キューピッド・マリコ」と呼ばれるこのわたくし、いろんな人の人生に幸せを運ぶ。知らないうちに。

三年後、パリ帰りの彼女に私は言った。

「ワインにも詳しくなってるんじゃない？　今度つくるワイン会のメンバーになってよ」

そこには六人の男女が集まった。指南役は友人が連れてきた有名なワイン輸入業者。在日二十年のアメリカ人だ。その時三回目の結婚中であった。六人でいつもワイワイがやがや、おいしいお酒を飲んで楽しかったっけ。が、恋について専門家の私が、全くそのことに気づかなかったとは不覚であった。

二年たったある日、フグ屋で三人で会った。やがて彼女が言うではないか。

「私たち、コンヤクしたの」

「あ、そう。よかったじゃない」

とまるで驚かなかった。私は最初「コンヤク」が「翻訳」と聞こえたのだ。彼女のフラワーアレンジの本を、アメリカ人の彼が翻訳してあげたんだと思ったのである。

「彼には奥さんいたし、私にもずっとつき合ってた彼がいたんだけど、いろいろ相談にのってもらっているうちに……」

えっ、これってどういうこと⁉ と動転する私。全くそんなこと考えもしなかった。フグ屋の帰り、タクシーの中で、他のメンバーに震える声で、

「ち、ちょっと……、びっくりしないでね……」

と報告したのを昨日のように思い出す。

アメリカ人の彼と結婚して、すっかりセレブの仲間入りをした彼女。夫婦で世界中いろんなところに行くし、パーティーも多い。おかげでお花はどんどん洗練されていった。今では、

「ハヤシさんのお花ステキ。どこで頼むの?」

と聞かれることが多い。

そう、いいお花屋さんを教え合うって、ヘアサロンやネイルサロンを知るぐらい大切なことである。

話がそれていってしまった。お花はそんなわけで電話一本で済むのであるが、毎回頭をひねるのが差し入れだ。

お芝居を観に行く時は、ひとつひとつ包装されていて手にとりやすい、焼き菓子やクッキーにしている。あんまりお金がない小劇場の若い人たちなんかだと、「ビー

ル」と書いて現金をお渡しすることもある。これはものすごく喜ばれる。

この他にも、私が関係しているコンサートだと、小さなおいなりさんや、ドラ焼きを持っていく。オーケストラの人の分を入れると数十個になるが、電話すると女主人が持ってきてくれるところがあって、いつもここにしている。

そう、差し入れするのが私は大好き。ほとんど趣味といってもいい。いつも大量に持っていくのを喜びとしている。同時に人の差し入れも大好き。このあいだのオペラの公演中、何が楽しいといって、楽屋をうろうろし、ずらーっと並んでいるいなり寿司や、お菓子をつまむ楽しさ。楽屋のいなり寿司ってどうしてあんなにおいしいんだろうか。

ドレスは女の夢

自分で言うのもナンであるが、私が初めて台本を書いたオペラ「狂おしき真夏の一日」は、大成功のうちに千秋楽を迎えた。

三枝さんの作曲は素晴らしかったし、皆の度肝を抜いたのは、秋元康さんの演出である。東京文化会館の舞台に、大きな階段をいくつもつくり、階層とテラスをイメージさせた。観客の手首にブルーに光るサイリウムブレスをはめて海をつくり出した時には、客席がどよめいたものだ。

千秋楽には切符はソールドアウト。ダフ屋さんまで出た。熱狂のうちにカーテンコールの最後に、私たちも出ていく。拍手が長くて、何度も何度も舞台に出る。

左手は秋元さん、右手は指揮者の大友直人さんと握り、客席に向かってお辞儀をする。この時すごく幸せな気分。ジミな物書きにこんな時間はめったにない。

しっかりと秋元さんと手を握り合い、ふと気づいた。

同じ時期にデビューして三十年、

「ずうっと仲よくしてもらっていたけど、秋元さんに手を握ってもらったのは初めてかも」

それを言うと秋元さんは、舞台の上で苦笑いしていたっけ。

それにしても舞台の私はとてもよく見えるらしい。来ていた友人たちからＬＩＮＥが入る。

「今日、黒のドレスがとても素敵だったわよ」

これは初日のことだ。

「レースのスカートが透けてキレイだったわよ」

これは二日目のこと。

しかし三日目に、私ははたと困った。カーテンコールの際、主役は歌手の方々だ。オペラでもお芝居でも、演出家とか作者とか裏方の人たちはみんな黒を着ている。しかもフォーマルだ。つまり目立たないけれども、お客に礼を尽くしているのである。

私の黒のフォーマルは、二日で尽きてしまった。私は中の休みの日に、某ブランドの店員さんにメールをうった。

「ブラックドレス、何かないかしら」

すると彼女は休んでいたらしく、返事が来たのは四日後。もう千秋楽も終わった時だ。

「クリスマスシーズンを前に、ブラックドレスいろいろ入ってきています。どうぞいらしてください」

その間、私は黒のジャケットに、少しラメが入った長めのウールスカートを着ていくことにした。マチネだからこのくらいでいいだろうと思ったが、やはりおジミだったかもしれない。

三枝成彰夫人のサチコさんは、旦那さんより二十二歳下。三枝さん好みのスレンダー美女だ。脚なんて私の腕ぐらいの細さである。

三枝さんはそもそもデブの女が大嫌い。

「頭が悪そうでだらしなく見える」

とひどいことを言う。私の場合は、

「友だちだから全然オッケー」

だそうだ……。

そんなことはともかくとして、サチコさんはいつも、素敵なブラックドレスを着ている。どれもさりげなく凝っていて、とてもおしゃれなものだということがわかる。

「いったい何枚持ってるの？」

と聞いたところ、

「私たちは裏方なんで、いっぱい持っていますよ」

ということ。三枝さんについて、いつもコンサートに行ったり、主催者側にまわるからであろう。

さて、四日間にわたるオペラは終わったものの、祭りの余韻は残った。そして私は、

「新しいドレスを買おーっと」

ということで、ブランドショップに出かけたのである。

ドレスを買うのは、胸はずむ。ふつうのスーツやワンピを買う時とまるで違う。ドレスを買うというのは、華やかな未来を手にすることだ。たいていの場合、予定がなければドレスは買わない。

暮れはおよばれがいっぱいだ。パーティーもあるし、おうちでのサロンコンサートにも招待をうけている。

そう、そう、おとといのチャリティパーティーにはびっくりしたなぁ。私たちのやっている震災孤児、遺児のための活動資金を得るためのパーティーだ。場所をグランドハイアットにしたところ、おしゃれ度がぐっと増した。友人がいつもたくさん席を買ってくれるのであるが、その際、美女もたくさんひき連れてきてくれる。美容関係の方たちなので、おしゃれっぷりがハンパない。今度はさらにすごいことになって、みんなイブニングドレスだ。ミス・ユニバースのファイナリストの舞台のようになってくるのだ。私はこういう時、着物でごまかすことにしている。その昔、今よりずっと痩せてて、今よりずっとお金があった頃、取材でミラノのスカラ座に行った。その時、飛び込みでシャネルのイブニングを買った私。今もあの美しいグレイのドレスは手元にあるが、まるっきり入らない。

そうそう、今回私が買ったブラックドレスは、袖口に毛皮がついている。とても可愛い。今度何かの写真で見てね。

京都でバブリーナイト！

いやあー、本当に運がよかったですねぇー。

この号が出る頃（二〇一七年十二月）には、キャンペーンも終わっていると思うが、某出版社と乃木坂46がコラボした。彼女たちを表紙にした文庫を四十六冊つくったのだ。ひとりひとりのアップの写真がカバーになっていてとても可愛い。私も四十六人の作家のうちの一人となり、昔書いた小説が選ばれた。

「だけど表紙は誰になるのかしら」

と聞いたところ、クジ引きだという。つまり、どの作家が誰の表紙になるかわからないのだ。

そして私が引きあてたのは、白石麻衣ちゃんと一位を争う人気者の西野七瀬ちゃん。笑顔がめちゃくちゃ愛らしい。そうしたら、この文庫が突然バカ売れし始めた。増刷を二回かけた。しかしもうこれ以上は約束で出来ないようで、ある数字でストップ。アイドルの力を借りなきゃ本が売れないのか、とおっしゃる方もいるであろうが、この出版不況の折、本当に有難いことである。そしてカバーをはずした私の本が、そこらに捨てられていたら悲しいけれど、

「中の本も面白い」

とツイートされているとか。会ったことないけど、七瀬ちゃん、本当にありがとう。

さて、私は今新刊『西郷《せご》どん！』をひっさげ、全国縦断サイン会。このあいだ鹿児島へ行き、熱狂的な歓迎を受けたのはお話ししたとおり。

そして先週は京都へ行ってきた。日帰り出来なくもなかったが、一泊することにした。たまには夜、遊びたい。

京都でのサイン会は、まあまあの人数。とても鹿児島にはおよばない。京都にしたらとてもたくさん集まってくださったということであるが、まあ仕方ないか。

京都の人というのはとてもクールだ。プライドに満ちていて、日本の他の都市とはまるで違う。

「そんなことないですよー。私らふつうですよー」

なんていう人に限って、かわし方がうまいと言おうか、親しくなったかと思うと、さっと遠ざかる。センシティブであるが、つき合うにはテクニックと知識が必要だ。

まぁ、大昔、京都の男にフラれたから言うワケじゃないが、この街の人たちに好かれるのはとても大変なのだ。

とにかくサイン会が終わった後、みんなで食事に行くことになった。遅くまでやっている先斗町《ぽんとちょう》のおでん屋さん。私は、歴史学者の磯田道史《みちふみ》先生にメールした。

「先生、よろしかったら来ませんか。一緒に一杯やりましょう」

最近テレビの歴史番組でも大人気の先生は、京都の研究所の教授をしている。みんなでお酒を飲みながらワイワイ。

ところでその日の私は、とても機嫌がよかった。なぜなら『西郷どん!』の大増刷が決まったからだ。

「こうなったら、私が大盤振るまいいたしましょう」

すっかり気が大きくなっている私は言った。

「すぐそこに、私の知っているお茶屋バーがあるからみんなで行こうね」

ワーッと歓声をあげる五人の編集者たち。みんな若いから、そういうところの経験はほとんどないみたいだ。

花見小路の「えん」に行った。ここはもう二十数年のつき合いである。ふつうの住居をお茶屋バーにしているお店で、同志社大卒のインテリ・オーナーの〝ぼん〟が、すべて取り仕切っている。とても可愛い姪ごちゃんもお手伝い。

このバーは会員制になっていて、東京からの有名人がよくやってくる。歌舞伎の人たち、お芝居の人たちもしょっちゅう見かける。そうそう、ここのカウンターで、祇園一の売れっ子芸妓ちゃんと飲んでいたら、二階の座敷で、ある芸能事務所の打ち上げが行われていた。美女が次々とやってくる。舞妓ちゃん、芸妓ちゃん、コンパニオンetc……。どこの事務所とは言いませんが、ものすごく売れているアーティストが所属しているところと思っていただきたい。だからすごーい景気である。

そのうち男性が一人降りてきてトイレに行った。その時カウンターにいた芸妓ちゃんに目を留めたらしい。何くわぬ顔をして隣に座るではないか。そう、私が呼んでもらった芸妓ちゃんを、横取りしようとしたのである。

この時全く腹が立たなかったのは、私は反対側に座る女友だちと喋るふりをして、男の人の口説き文句をしっかり聞いていたから。

「僕なんか、いつも仕事ばっかりで、一人でとても寂しいんだよ」

とか歯の浮くようなことを言っておかしかった。そのうえ、私に悪いと思ったらしく、ここで飲むと一本十万もするシャンパンのクリスタルを二本開けてくれたではないか！　本当にごちそうさまでした。

今回、ぼんちゃんに頼んで呼んでもらった舞妓ちゃんのうち、一人は偶然、『美女入門』の文庫を持っていた。巾着袋から出してくれて嬉しかったなぁ。もちろん喜んでサインした。京都はいつだってバブルの夜。だから大好き。

長続きのコツはね

新刊キャンペーンのための、日本縦断サイン会の旅は続く。

ふだんはこんなことはしないのであるが、今度の本は売れそうなので、編集者四人と共に一丸となって頑張るわけだ。

まずは鹿児島へ行き、熱狂的な歓迎を受けた。そしてその次は京都へ行き、比較的クールな対応。その四日後、東京の紀伊國屋にてふつうのサイン会。その五日後は、古都金沢へ。行って驚いた。まだ十一月の半ばというのに、真冬の寒さ。雷が鳴ってミゾレとアラレが降ってきた。ふつうのウールのコートで、ぶるぶる震えるほどだ。しかしサイン会には定員を超えるたくさんの人たちが集まってくださった。みんな手

にお手紙やお菓子を持って。そのうちの三人の方々が「マリコロード」という名の棒茶をくださった。なんでも最近売り出されたらしい。もちろん私とは関係ないけれど。来月はいよいよ博多と札幌へ行く。どうぞお近くにお住まいのみなさん、いらしてくださいね。

そんなわけで今日、金沢の方からいただいたファンレターを読んでいたら、

「今、話題になっているマガジンハウスの『君たちはどう生きるか』の記事を読んでたら、担当編集者の鉄尾さんっていう人が出てきたけど、あの人ってもしかするとテツオさんですか。ハヤシさんのエッセイによく出てきたあのテツオさん？」

はい、そうです。あのテツオです。若き日、文学青年のテツオは、名著『君たちはどう生きるか』に深い感銘を受けた。そして大人になり、マガジンハウスの役員となった今、漫画化を思いついたのだ。

「もっと多くの子どもたちに読んでもらいたい」

という思いで。そしたらこの本がバカ売れ。ベストセラーの一位となったのである。私のこの「美女入門シリーズ」なんかとケタが違う。本当によかったね。こういうマジメな本が売れるなんて、世の中捨てたもんじゃないとつくづく思う。

テツオとも古い仲であるが、最近何が嬉しいって、昔の男友だちが出世するってこ

んなに嬉しいことはない。ま、正直、女性だと嬉しいことは嬉しいが、五パーセントぐらいは嫉妬が混じることもある。が、男友だちの場合は百パーセント、「よかったー！」という気持ちになるのだ。

同じ頃デビューして、一緒にロンドンに遊びに行ったこともある秋元康さんなんか、もうエンタメ界の帝王である。気安くメールも出来ない。しかしあちらはとても律義な人なので、よくごはんをご馳走してくれる。それもふつう行けないようなすごいところばっかり。ホントにありがとうございます。

それから私の担当編集者だったケンジョーさんは、今や大金持ちの出版社社長。若いIT社長たちの兄貴分でもある。毎年お誕生日パーティーをハワイでして、ちょうど花火があがるんだって。すごい。今、大人気の歴史学者、イソダ先生は、独身の頃に会っている。

「初めてのおしるしに」

と、白蓮の短冊を持ってきてくれた。これはどういうことかというと、私が柳原白蓮の伝記を書いたのを知っていたからだ。やっぱりインテリは違う、とうなったものだ。

その他にも政治家になったり、起業して成功した男友だちも何人かいる。が、芸能人がいない。

今、人気絶頂の俳優A君は、高校生の時から私の男友だちがめんどうをみていたという。

「しょっちゅう、うちに遊びにきてたんだよ」

だって。

もっと羨ましいのは、個人でマネージメントをやっている女性。二十年前に頼まれて、中学生のB君を引き受けた。そして礼儀作法から人との接し方まですべて叩き込んで教えた。そうしたら三十代にして彼は大ブレイク。テレビや映画にひっぱりだこだ。しかも彼女の教育がよくて、Bさんはスターになってもちっともえばることがない。このあいだアンアンの表紙撮影（誰だかのヒントです）の時も、スタッフにやさしく、ユーモアを混じえた話しぶりで、

「さらに大ファンになりました」

と編集者たちは、口々に誉《ほ》めそやす。こういうのにものすごく憧れる。なぜなら私は、若い男の子たちにお腹いっぱいご馳走するのを無上の喜びとしているのだ。過去、ちょっとしたきっかけで、劇団の男の子と知り合ったことがある。私はせっせと焼き肉をおごったり、チケットを買ってあげたりしたものだ。しかし彼は力尽きて田舎に

帰ってしまった。本当に残念である。今度は売れない芸人さんなんかを可愛がってあげたいなあとしみじみと思う。そういうコたちが売れて、すごいスターになった時、

「ハヤシマリコさんにお世話になりました」

なんて言ってくれたら、どんなに嬉しいかしらん。いや、いや、そういう功利主義はいけない。親切はあくまでも無償の愛でないと。

しかし私のまわりには、二十歳以上年下の男性に入れ揚げた女性が何人もいる。お金をうーんと遣って最後は裏切られて泣く。男女の仲になって肉体関係を持ったからだ。私は焼き肉までの関係しか持たない。これが長く続くコツですよ、コツ!

王子さまが選ぶ女《ひと》

今どき「白馬に乗った王子さま」なんていう言葉自体、死語になっている。

しかし本当にいるんですよね。イギリスのハリー王子。私は頭の薄いお兄ちゃんよりも、ワイルドな彼の方をずっと支持していた。そして彼がとっかえひっかえ、いろんな女性と浮名を流しても、

「ハリーだったら仕方ないわ」

と許していた（エラそうだな）。

そうしたら、今度婚約というではないか。相手はアメリカの女優。ドラマ「スーツ」は、時々私も見ていた。今はそうでもないらしいが、アメリカはちょっと前まで、

テレビに出ている俳優は映画に出ている俳優よりも一ランク下という風潮があった。だから私も最初、

「テレビドラマに出ている女優か。こんなにキレイでも映画に出られないんだ」

という意識で見ていた。それが今度プリンセスだという。メーガン・マークルさんについては、イギリス国民はみんなが大賛成というわけではないようだ。なぜならバツイチでアメリカ人である。イギリス人は、アメリカ女性について、苦い思い出があるのだ。

今のエリザベス女王は、本来ならば王位につかなかった。しかし伯父さんにあたるエドワード八世が、アメリカ人女性のシンプソン夫人と恋におち、退位してしまったのだ。この人はバツイチどころか、バツ2だったので、八十年前のイギリス世論は許さなかったということらしい。

今回のメーガンさんについては、バツイチ以外にも、お母さんがアフリカ系だとかいろいろ言われているらしい。が、私から見ると、アフリカンが混ざったために、彼女はものすごくエキゾチックな美貌となった。青い目、ブロンドの女優なんかよりずっと魅力的。ハリー王子がひと目惚れするのも無理はないかも。

しかし、とさらに思う。バツイチ、外国人というハンディがあるなら、日本人の女

性が王子さまを射止める可能性だってあったはずだ。

どうして世界的玉の輿は、デヴィ夫人でストップしてしまったんだろう。

こうなったら日本の「王子さま」に目を向けるしかない。本物の皇室の王子さまは、あまりにもお小さいので、他の世界の人を探してみる。そうなると、やっぱり今、日本でいちばんの王子さまは、小泉進次郎さんでしょう。

私も何度かお目にかかったことがあるが、本物の方がずっと素敵。頭はいいし、ハンサムだし、そして人に対する気遣いがある。この方のお嫁さんになれたらどんなにいいだろうかと、多くの女性が思っているはずであるが、本人はまだ結婚する気はないようだ。しかし、もし結婚が決まったら、どんな騒ぎになるか目に見えている。おそらく、美貌、性格、頭脳、すべてに満点の女性だろうな。

ここで王子さまの定義をすると、その本人がものすごい魅力とオーラを持ち、すべての女性の憧れの的になること。そしてもう一つは「家」を背負っていること。結婚したとたん、王妃として、なんかステータスのある地位と義務が生じるということがあげられよう。

少し前まで、海老さまがこの王子さまだったかも。やんちゃなところも、いかにもそれっぽかった。しかし、

「大富豪の令嬢しかなれない」

と思われていた王妃の座であったが、彼は美しく賢いキャスターの女性にひと目惚れした。そう、おとぎ話と同じように、王子さまはファースト・インスピレーションで相手を選ぶのである。麻央ちゃんのことは本当に残念であったが、彼女は素晴らしい女性で、これからも伝説として生きていくに違いない。

そしてさらに昔、王子さまがいた。元・貴乃花親方。

現役の時の人気のすごさといったら……。アンアンで特集が組まれたのだ。篠山紀信先生が写真を撮り、この私が文章を載せた。

「貴花田に、どうしてみんなが夢中になるか」

というやつ。

りりしくて、強くて、やさしくて、本当にみんなが彼に恋焦がれた。ちょっとあれだけ日本中が熱狂したお相撲さんはいなかったと思う。

その彼は、やはり二十歳をちょっと過ぎた時、テレビ番組で宮沢りえちゃんと出会った。そしてここでもひと目惚れ。二人の記者会見を私も見に行った。ホテルでカンヅメになって原稿を書いている最中、そこの宴会場で記者会見が行われることを知ったのだ。出版社に頼み、腕章をもらってさっそく潜入した。初々しい二人の可愛かったこと。しかし破局が訪れる。

一人になった王子貴乃花に、やがてぐっと年上のおねえさまが現れる。フジテレビの人気アナウンサー。実は王子は常に孤独なんだ。そのことを知っている女性は強いと本当に思う。そして王妃になるのである。

整形文化、進出！

日本ではもう本が売れない。

「こうなったら中国だ！」

と思いたったのが三年前のこと。

私が思いたったというよりも、偶然知り合った中国の方が、

「ハヤシさん、中国で本を出しましょう。頑張りましょう」

と言ってくれたのである。

この方のことを最初よく知らなかったのであるが、大金持ちのうえにいろいろなところとパイプを持っていた。すぐに大手の出版社と契約を結んでくれたのである。

それまでも中国から本を出していたけれども、年間の印税が三千円とか五千円とかいうショボさ。私自身も売れるとは思っていなかった。

それなのに、今度の翻訳本はどれも売れつつある。その替わりプロモーションも一生懸命にしなくてはならない。

夏には上海へ行き、いろんな取材を受け講演会もした。上海のブックフェアにも出た。自分で言うのもナンであるが、とても評判がよかったそうである。

そして今回は北京である。

八年ぶりの北京は、ますますビッグになっていた。巨大なビルがどんどん完成し、外資のホテルがいくつも出来ていた。ブランドショップも目につくが、着ている女性はあまり見ない。洋服のセンスはいまひとつ、という感じであろうか。

それよりも驚いたのは、顔をお直ししているコがとても多いことだ。しかしひと目見てすぐにわかる整形。鼻と顎が不自然にツンと出て、みーんな同じ顔である。

「今、ものすごく整形が流行ってるんですよ」

地元の人が教えてくれた。

「みんな韓国行って、安い手術をしてきます」

そしてお金がある人は、日本へ行ってうまい手術をしてもらうんだそうだ。

そうかと思うと、メガネのコもやたら目につく。それもおしゃれのためではない。メガネ女子は化粧もほとんどしていないのである。

「中国の人はなぜかコンタクトレンズしませんねー。あんまり好きじゃない」

整形はよくても、コンタクトはイヤという心理はよくわからないが、

「メガネをしているコは整形しません。整形するコはコンタクト、はっきり分かれます」

「どっちがモテるの?」

と聞いたところ、

「整形してる方ですかね。男の人もこの頃整形してるから、すぐカップルになります」

ということらしい。

北京電影学院というところで講演をした。国立の映画関係の人材を養成する大学で、日本の藝大のようなところだそうだ。学校のホールに二百五十人ぐらいの学生が来てくれた。当然のことながら、みんなおしゃれである。ここのコは日本のコとまるで変わらない。ピアスが過激で、耳に四角い大きな穴を開けているコもいた。女子大生はよーく見ると、鼻がやたら高いかも。

次の日はチャイナ・マリ・クレールの撮影である。

「洋服を三枚持ってきて」

とか言われていたが、旅先でめんどうくさいなあと思い、ジャケットだけ三枚持っていった。どれもジルサンダーでモノトーンである。それが中国の人から見ると、とても地味だったらしい。

次の日、スタイリストが山のように洋服を持ってきた。しかし赤と白のチュニックとか、オレンジのジャケットとか……。

「考えられないワ」

と日本から一緒についてきてくれた友人が叫んだ。

「これじゃあんまりじゃん」

私もそう思ったが、少なくとも四カット撮るということで、グリーンと、ベージュのコートを着ることにした。

カメラマンは髭《ひげ》をはやして長いコートを着た若い人。スタイリストとかカメラマンとかライター、編集者という人種は、ファッションといい、雰囲気といい、日本と全く同じ。言葉が通じないのが不思議なぐらいだ。

「スタイリストはひどいけど、カメラマンはかなりうまいよ」

日本語が通じないことをいいことに、モニターを見ながら友人が言った。

「あなたはとてもいい写真を撮るわね」

と英語で話しかけていたが、あまり通じない。

英語が苦手というのも日本と同じだ。日本のギョーカイ人も、英語のうまい人は案外少ないからである。

国家美術館の中の素敵なカフェで撮影したあと、インタビューを受けたのであるが、私の目の前では女の子が二人、自撮りしまくっていた。ポーズをつけ、毛糸の帽子をぬいだりかぶったり、コーヒーカップを持ったりするところも日本と変わりない。

違っているところは、ものすごくわかりやすい整形をしているところだ。ヘタな整形。

これなら本の進出よりも、整形の進出の方がずっと受け入れられやすいと私は確信したのである。

ブラッシングしてます？

そろそろブーツを出さなきゃと、靴箱の上の方からひっぱり出してびっくりした。

　お気に入りの一足が、泥がついたまま放置されていた。おそらく雪の日に履いて、そのままにしておいたんだろう。

「ごめんね、ごめんね……」

　私は必死に専用スポンジで磨いたが、縫い目のところに泥がしっかり入り込んでいたのである。これはかなりやっかいなことになった。

　何度も言っているとおり、私は着るものや履くものを大切にしない。だから彼らは

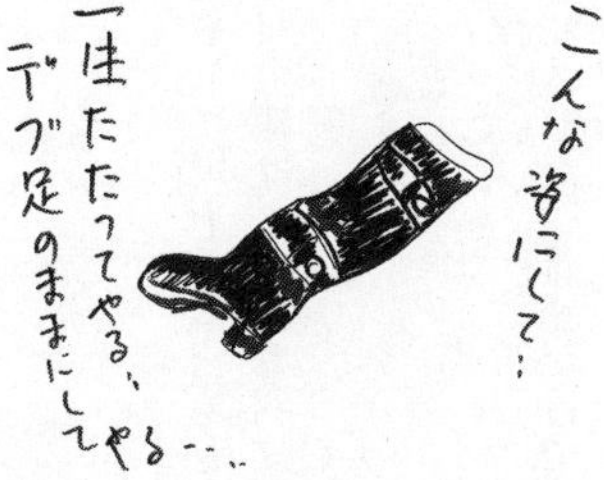
こんな姿にして…
一生たたってやる、
デブ足のままにしてやる…

私に復讐をする。行方不明になったり、突然サイズが小さくなったりするのだ。そしていつも着ていくものに困る。

ところでこの冬、私は二着のジャケットを買った。どちらもカシミアのすごくいいやつ。値段は張ったのであるが、

「大切に着ればいいか……」

と言いわけした。大切にしたことがないくせに。そのうちの一着は黒なのでとても汚れが目立つ。すぐに白いものがついてくる。思うにカシミアというのは、ゴミを吸いつける力があるのではないだろうか。

そしてこの黒いジャケットを着て取材に行くと、

「あ、何かついてる」

と言われることがある。親切な人だと、コロコロローラーを貸してくれることもある。が、私はこれがあまり好きではない。ローラーをかけると、生地はすぐに毛羽立ってくるからだ。

というようなことを、ヘアメイクの男性に話したところ、

「そういえば、○○さんは撮影の時に絶対にローラーを使わなかったなぁ」

と頷いた。○○さんというのは、日本を代表する有名スタイリストだ。雑誌だけで

なく、スターさんのお洋服も手がけている。

「いつもブラシを持っていて、それでささっとブラッシングしてたよ」

と教えてくれた。

ブラシか……。カッコいいよな。私も何年か前のお歳暮に、すごくいい洋服ブラシをもらっていたが、すぐにどこかにいってしまった。今の私はちょっと汚れるとすぐにクリーニングに出す。が、クリーニングが生地をいためるというのはご存じのとおり、しょっちゅう着るニットやブラウス類はいいとしても、私はコートをクリーニングに出すことにすごく抵抗がある。素敵な風合いのカシミアコートも、しょぼんという感じになってしまうからである。

このあいだ本を読んでいたら、ヨーロッパの人たちは一生涯コートをクリーニングに出さないそうだ。日本と違って湿気が少ないこともあるが、大事にブラシをかけているだけだという。

そうか、やっぱりお洋服はブラシなんだ、とつくづく思ったある日、ジル サンダーの青山店に行ったら、店員さんが洋服ブラシを持ってきた。私がジャケットのほこりについて聞いたからだ。

「ハヤシさん、このブラシ、最高ですよ。〇〇ブラシといって、馬のわき腹の毛だけを使っているんです。ほら、コシがあるけどやわらかいでしょう」

「本当だ」

そのブラシは、ひとつひとつ手づくりで職人さんがつくっているため、ものすごく高いそうである。

「高いってどのくらい？」

「これは△△万円ですね」

のけぞった。ジルのジャケットが買える値段ではないか。

「ブラシだよね……どうしてそんなにするの」

「ですから、このブラシを使うと、布が甦《よみがえ》るんですよ」

私のジャケットを使って見せてくれた。いったん毛並みにさからってブラッシング。これでホコリやゴミをかき出す。そしてふつうにブラシをかける。するといい感じで艶が出てくるではないか。

私はどうしてもこのブラシが欲しくなった。ネットで調べると、通販もやっているにはやっているが時間がかかりそう。ということでさっそく日本橋の老舗のデパートに買いに行った。ここの紳士服売場に売っていたのだ。

半分の値段のものもあったが、エイ、ヤッと高い方を買った。ついでに靴ブラシの方も。これはリーズナブルな値段であった。

私は二つのブラシを持って家に帰り、ブーツを磨き立てた。縫い目にこびりついた泥をかきたてると、面白いように取れてきた。

そして超高級の洋服ブラシで、ハンガーにかかっている洋服をかたっぱしからブラッシング。これから着ていく服やコートをキレイにしていくと、心が豊かになっていくようである。ホント。

一着一着、汚れを確かめながら、ブラシを使っていく。お洋服と対話していく。そう、うちのワンコや、かつて飼っていた猫にブラシをかけていく時もこんな感じだったなあと思い出しながら。

おしゃれな人って、みんなこんな風にしてるんだよね。

有難き中国フレンズ

ゲイの友だちを持つのは、大人の女性のステータスかもしれない。センスがよくて頭がいい。そして女の子の気持ちがよくわかるので、相談にものってくれる。話をして楽しいからモテモテだ。

芸能人なんかは、しょっちゅうゲイバーに行き、ストレスを発散しているようだが、私はああいうところに行かない。あちらがあまりにもサービスしてくれるので、ちょっと疲れてしまうのだ。

が、ゲイの友だちは多い。別にゲイだから仲よくなったわけではなく、

「そうかなぁ……」

と思ってつき合っていると、やっぱりそうだったということになる。みんな隠しているわけでもなく、自然にパートナーを紹介してくれる。そういうのってとてもいい感じ。

ところで私は最近、ゲイの友だちもいいが、中国人の友だちもいいなぁ、と思うようになってきた。

もちろん私は中国語が喋れないので、日本にいる中国人ということになるけれども、みんな美容や健康の知識がハンパない。中国二千年の歴史おそるべし、という感じである。

かなり前のことになるが、私に痩せるスープを教えてくれたのも、日中のハーフ美女であった。ゴボウや大根といった根菜類をコトコト煮るのだ。私はちゃんとやらなかったので今でもこんなもんであるが、当時そのスープはクチコミで伝わり、かなり話題になったものである。

この頃急に仲よくなったA子さんは、一緒に旅行した時、朝、まず白湯《さゆ》を飲むことを教えてくれた。

「まず体を温めなきゃダメ。冷たい水をいきなり飲むなんてとんでもない」

と言うのだ。これを実行するようになってから風邪をひかなくなった。

ところで話が変わるようであるが、つい先週のこと、私がなぜデブなのか決定的な理由がわかった。

ダイエットやアンチエイジングのために通っているクリニックが、新しい医療機器を導入した。これは中指の血管状態を画面に出し、全身を調べるというもの。それによると、私は毛細血管の量が、ふつうの人の十分の一しかなかったのである！

これはどういうことかというと、代謝がものすごく悪いということ。隅々まで血液がゆきわたらないために、冷え症にもなる。そういえば私は、夏でも汗をほとんどかいたことがない。こんなに代謝が悪いと、将来重大な病気にかかるリスクも高いということだ。

「これからはもっとリラックスして、睡眠時間も増やしてくださいね」

とお医者さん。サウナではなく、岩盤浴をするようにと言われた。

「サウナだと血管が拡がり過ぎるから、岩盤浴みたいにじわじわ温まるのがいちばんいい」

と言うのである。私はさっそくネットでうちの近くのそういう店を調べたのであるが、岩盤浴はない。ホットヨガがひとつあるだけ。

どうしようかなぁと考えていたら、B子さんのことを思い出した。B子さんは在日二十年のビジネスウーマンである。このあいだ久しぶりに会ったら、あまりにもカッコよくなっていてびっくりした。中国の人だからもともと脚が長いのであるが、お腹がすっきりして素敵なプロポーションになっている。どうしたの、と聞いたら、

「すごくいいエステを見つけた」

ということであった。

「三時間ぐらいマッサージやハリをしてくれるの。食事のこともあれこれ指導してくれて、六キロ痩せたの」

ということで、私も連れていってくれると約束してくれた。

その日が昨日だったのである。そのエステは麻布十番の古いビルの中にあった。ご夫婦でひっそりと営業していて宣伝もいっさいしない。お客を増やしたくないので、雑誌にも出ない。徹底したマンツーマンなので、料金はかなり高いかも。

綺麗で上品な女性がオーナー夫人だった。四十代前半と思ったら、なんと五十代後半と聞いてびっくりだ。毛細血管のことを話したら、カプセルにまず入れられた。ここで三十分じわじわ体を温めるのだ。しかしビニールで巻かれても汗一滴かかない私に驚いていた。そのうちに水たまりが出来るぐらいになるんだと。

そのあとみっちりマッサージをやってもらったら、ウエストが五センチ減っていた。

「すぐ元に戻るらしいけど、通ううちに定着するって。嬉しいな」

とB子さんと、糖質なしのランチをとっている最中、彼女が言った。

「前から思ってたけど、あなた食べるのが早過ぎる。それから冷たい水をぐいぐい飲むのダメよ。お茶をこうして少しずつ飲みなさい……」

と、ここでも指導してくれた。

中国人の友だちというのは、本当に有難い……。

寒くても薄い時代

この冬、着るものがない。本当にない。ない。

ここのところ着ているのは、秋に買った冬物ばかりである。ジャケット二枚やインナーを必死で着まわししている。

クローゼットの中には、溢れるほどのものがあるのだが、どれも冬っぽくない。生地が薄いのである。

実はお店に行っても、薄い生地のものばかりだ。

「もっと地厚のものはないの」

となじみの店員さんに聞いたところ、

「今シーズン入ってくるものは、みんなこのテのものばかりなんですよ」

ということ。

シーズンレスという言葉を聞いて久しいけれども、私としてはもうちょっと頼りになる生地、ほっこりしたマテリアルやアイテムが欲しいわけだ。

クローゼットの中にわけ入っても、ジャケットを見ては、

「違うだろ……」

とつぶやく私。

ところが最近、驚くべきことがたて続けに起こった。

打ち合わせにアンアン編集部から、Gさんがやってきた。いかにもマガジンハウス社員らしく、ファッショナブルな彼女。双児のママであるが、いつもおしゃれに隙がない。私は会うたびに、

「なるほど。こういう風にアクセをつけるのか」

などといろいろ勉強させてもらっているのである。

その彼女がマックスマーラのキャメルコートを脱いだとたん、私は言った。

「今日はパーティーがあるんだね」

ベージュのジョーゼット風のロングワンピを着ていたからだ。

「いいえ、何もありません。これから会社に戻るだけですよ」

「どうしてそんな薄もの着てるの？」

私の頭の中には、薄い洋服イコール、フォーマルという図式があるのかもしれなかった。

しかしイラストに注目してほしい。こういうジョーゼットのロングワンピ、やはり職場では浮くのではなかろうか。たとえアンアン編集部だとしても。

「会社がものすごく暑いんですよ」

と彼女。

「暖房がきいているので、みんな薄いものを着てますよ。朝ニットを着てきても脱いでしまいます」

結果こういうワンピになるんだと。

「ルミネで買ったんですけどね、中に何か着れば秋から冬のはじめもＯＫって、店員さんから言われました」

それで冬もジョーゼットを着られるのかと、ふーんと感心してしまう。

ところで、自分が持ってるのと同じものを誰かが着ているというケースは案外あるものである。

人気ブランドのシーズンのものは仕方ない、と諦めている。若くてキレイな人とおソロだと私は嬉しいが、あちらはイヤかも。

昨日、友人たちとの食事会があり、和食の名店へ。あとから来たカップルの奥さんを見てびっくりだ。私がこの秋買った、PRADAのワンピを着ているではないか。もちろんサイズは違う。そして私とこうも違うものであろうかとガクゼン。袖にファーがつき、ベルトで締める黒のシフォンのワンピは、アイドル系の顔立ちの彼女にものすごく似合っているのである。めちゃくちゃ素敵。

気をとり直して、私は彼女の目の前に座った。それにしても、今日同じものを着てこなくてよかったとつくづく思う。昔のことであるが、買ったばかりの変わったデザインのスカートをはいていったら、サイモンさんとおソロになっていたではないか。その時はユーミンが出席するパーティーだったので、サイモンさんは、

「これはね、ユーミンファンクラブの制服なのよ」

とジョークにしてくれたからよかったけど……。

それにしても、自分と同じ服を着てる人って、すごく勉強になりますね。黒いワンピは、えりぐりが横に拡がっているため、私はストラップレスのブラをつけていたが、彼女のえりからは黒いものが見えた。

「それって、黒いタンクに合わせるの」

と思わず聞いたら、

「そうなの。でも下にタートル着てもいいってお店の人に言われた。そうすれば寒い時にも着られるって」

なるほど。もっとフレキシブルに重ね着すればいいっていうことか……。

その後、見せブラについて議論が起こった。若い人はえりぐりの大きい服を着て、ブラヒモを平気で見せるが、あれはどういう基準かということ。

「自分の気持ちが基準よね」

との別の人の発言に、私はこう教えてあげた。

「あれって年齢が基準らしいよ。オバさんはダメだって」

何よそれって、みんな怒った。が、こうして着こなしというものは出来ていくんだ。

リゾートのクリスマス

七年ぶりにハワイへ行った。それも年末。まるで芸能人のようではないか。しかも二十八日に帰るのは、大晦日の紅白歌合戦に出演するためである。

「陽に灼《や》けないようにしなきゃ」

帽子とサングラスでしっかりとガード。ホノルルのメインストリートを歩いていたら、娘が小さく叫んだ。

「ママ！　今、すれ違ったの○○ちゃんだよ。絶対そうだよ！」

モデル兼女優の売れっ子である。しかしあんまり興味がない人だったので、

「あ、そう」

とあっさり言ったところ、

「何!? そのえらそうな言い方」

とすごい目で睨《にら》まれた。

「あ、そう、だって。まるで自分が○○ちゃんと同じ世界にいるみたいな言い方じゃん。ちょっとさぁ、紅白の審査員に決まってから、ママ、調子にのってるよ」

だそうだ。そんな気はまるでなかったのであるが、無関心もいけないのか。

しかしハワイというのは、やたら知り合いと会うところである。ホテルのエレベーター前で、キラキラ光り輝くグループと遭遇。金ピカのものを着ているわけではない。あまりの美しさにオーラが立っているのだ。君島十和子さんご一家であった。ヅカガールのご長女や、次のお嬢さまのキレイさがハンパない。そして十和子さんの相変わらずの美女ぶり。リゾート地でもいっさい手を抜かず、カジュアルなお洋服ながらコーディネイトやメイクが完璧。通販ファッションに身をつつんだ私は、恥ずかしさのあまり身がすくみそう。

私が思うに、こういうリゾート地でカッコいい女性というのは、一にプロポーション、二に気構え。三、四がなくて五にセンスであろう。みんな到着するやいなや、ゴム草履を買ってペタペタ歩くが、大人ならばやはりサンダルにしたいところ。私も十和子さんにお会いしてから反省して、セリーヌの白いバレエシューズを履くようにした。

「ゴム草履、ハワイだからいいじゃん、どこの店でもオッケーだし」

と思わないこと。それにシューズやサンダルの方が、ゴム草履よりずっと歩きやすいはず。

ハワイでは部屋でずっとゴロゴロしていた。いくらでも眠れる。そう、二〇一七年は本当によく働いた。新刊プロモーションのために、日本列島札幌から博多までサイン会をし、取材が日に五つも六つも入るというアイドルなみのスケジュールだったのだ。このくらいのんびりしてもバチはあたらないであろう。

海沿いの部屋だったので、波の音も聞こえダイヤモンドヘッドもすぐそこ。だらだらと眠っていたら、

「いいかげんにしろ」

と夫の雷が落ちた。

「いったい誰がレンタカーを借りてきたと思ってるんだ。そんな自分勝手なことをするならハワイになんか来なきゃいいんだ」

ふざけんな、と私は反論しません。ある時から夫婦喧嘩にエネルギーを使わないことに決めたのだ。何を言ったってムダなこと。相手は変わりゃしないんだから。

「はい、はい、すみませんねぇ……」

と着替えて車に乗りましたよ。そして郊外へドライブし、ぶすっとアイスクリームをなめたりした。

しかしハワイといったら、やはりお買物であろう。以前は高級ブランド品にも手を出したのであるが、今はめったに買わない。東京とそれほど差がないとわかったからだ。そうはいっても、南の国のうきうきする気分の中、高級ブランドのお店を見るのは楽しい。せかせかした東京と違い、じっくりと買物をする時間がある。

アラモアナショッピングセンターに行き、バーゲン中の「ZARA」でどっさりと買った。

しかし考えてみると、何もZARAでスーツケースを満たすことはなかったかもと反省。東京でいくらでも買えるのに……。

そうこうしているうちに、クリスマスイヴがやってきた。ハワイで迎えるクリスマスは初めてだ。昔、ニューヨークで新年まで過ごしたことはあったが。

ハワイのイヴは、サンタさんがカヌーに乗ってやってくる。それをみんなで海辺でお迎えする。夜はホテルのボールルームで、総支配人主催のクリスマスパーティー。ドレスコードもありちょっとおめかしをする。パーティーでは知り合いにいっぱい会った。みんな家族でやってきているのだ。

ホテルは違うが、アンアンの私の担当者、シタラちゃんも家族と来ていた。シタラちゃんのパパも一緒に、二日後すし匠へ行く。日本の有名店がハワイの食材に挑戦したこのお店は、予約が取れないので有名だ。まずシャンパンで乾杯。ハワイのクリスマスって楽しい。来年も予約しないと。その前に働かないとね。

体の運命をゆだねる人

　昨年（二〇一七年）はあまりの忙しさに、ジムもずっとお休み。楽しみといえば、友だちとの飲み会に食事会。

「頭を遣う仕事だから」

　と言いわけして、もらいもんのお菓子をパクパク。

「もうトシだし、このままデブでいいもん、可愛いおデブって、今すごい人気だしさ……」

　いろんな人からも聞かれた。

「もうダイエットは諦めたの」

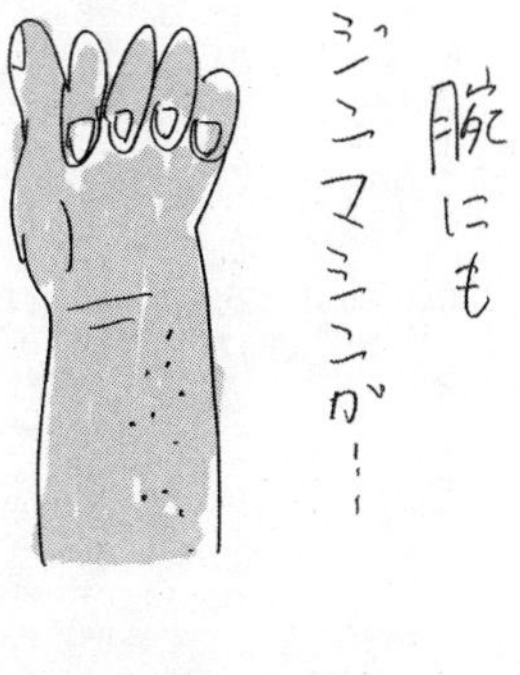

「もういいの。頑張るのもしんどいし」

などと完全に居直っていたのであるが、すぐに気分が暗くなってくる。そお、食べるという快楽を優先すると、おしゃれをするという快楽が反比例してなくなっていくのだ。

クローゼットのお洋服のうち、スカートのほとんどがはけなくなった。そしてじわじわと自己嫌悪がやってくるのはいつものこと。

「こんな体型になってしまった。もう二度と好きな洋服が着られなくなる」

ワンピなどはなんとか入っても、シルエットが全く違ってしまって本当につらい。もうこんなこと何十回繰り返してきたんだろう。

先日、中国人の友人に美容マッサージに連れていってもらったことは、すでにお話ししたと思う。久しぶりに会った彼女は、以前と比べてまるっきり体の印象が違うのだ。中国の人だからもともと脚が長いのだが、お腹とウエストがすっきりとしてものすごくカッコよくなってる。今までスカートばかりだったのにパンツをはきこなしているではないか。思わず息を呑む変わりぶり。

彼女の通うマッサージに、おためしで連れていってもらった。

古びたビルの一室で、エステティシャンが一人でやっているところだ。キンキラのエステじゃないところがかえって信頼がおける。

そしてまずは温風のカプセルで三十分。汗が全く出ないことに驚かれた。

「新陳代謝がすごく悪いんです、ワタシ」

しかし今度は私が驚く事実が。全身をマッサージしてもらったあと、

「ハヤシさんは首がものすごく細いんです」

と言うではないか。

えー、この太く短い首がずっとコンプレックスだったのに。

「いーえ、細いから肩がこるんですよ。顎のお肉がもっと取れれば、首がシャープに見えるはずですよ」

と嬉しいお言葉。これからは食べるものに気をつけます、という固い約束をしたのであるが、運の悪いことにこのあいだ、年末年始が入ってしまった。次の施術まで二十日間あったのが運のツキ。

ハワイで、日本で食べまくっていた私。気づいたら体重はウナギのぼり。その後さらに追いうちをかける悲惨な事件が。

体を活性化させるということで勧められたサプリを飲んだところ、腕と太ももにすごいジンマシンが出たのである。赤い点々が出て、肌自体もだいだい色に腫れてきた。

もともとブヨブヨの太ももが、ふくれて羽をむしった鳥さんのようになってしまったのである。そのエグさといったらない。自分の体の中で、これほど酷《ひど》いパーツがあるということはショックである。もし男の人に見られたら死んでしまいたくなるはず。私の太ももはそりゃあ太いけど、ボディクリームを塗りたくっていたから白くてスベスベだったはず……。それなのに見るも無惨なことになってしまった。

やがて私の中に、

「この太ももをなんとかしたい」

という気持ちがやっと目覚めたのである。

そしておととい、マッサージのサロンへ。私の体を見るなり、

「ものすごくむくんでますね」

ということで、この前よりもかなりきついマッサージをしてもらった。そうしたらその場で太ももが四センチ減っているではないか。

もうお金のことなんか言ってられない。そこのサロンはカードがきかないため、行く時はいつも、近くのローソンでお金をおろしていきますよ。

「しばらくは週に二回来てください」

と言われているが、お金の続く限り頑張ろうと心に誓った。食べるものもすごく注

意してるし、今度こそいけるんではなかろうか。

私は太ももを写メした。まだ赤いブツブツが治らない私の太もも。ふつうの人は直線であろうが、私の場合はつけ根が逆〝く〟の字型になっている。そして赤いブツブツが出来てるから目もあてられない。この写真を見て反省の材料にしよう。

しかしこのサロン、エステの女性がとても美しく品がある。決して出過ぎたことも言わない。私はご存じのとおり、ありとあらゆるところを試してきた。気をつけなくてはいけないのは、有名人の名前をやたら出す人。そして自分がやたら整形してケバい人。脅す人。ことさら成果を言いたがる人。私は何度も失敗を重ねてきた。自分の体の運命をゆだねる人だからちゃんと選びましょうね。

〃スー女〃になれない

マガジンハウスは、歌舞伎座の真裏にある。

だから歌舞伎座に行く前後、よくお邪魔する。

会議室を使わせてもらって仕事をしたり、ファックスを借りるのだ。ついでにお茶とおやつもいただく。コーヒーもとってもらう。いつもすみませんねぇ……。

　つい先日のこと、

「これから『勧進帳』観に行くの。新染五郎観てくるんだ」

と言ったら、女性編集者たちがいっせいに、

「いいなー」

と声をあげた。

そう、十二歳の八代目染五郎さんであるが、私は幼少の頃から注目していた。目鼻立ちが整っていてホントに可愛い男の子。それがここに来て、目を見張るような美少年に成長したのである。もう、この世の人とは思えないほどの美しさ。

歌舞伎の役者さんだからといって、みんながイケメンというわけではない。

今までだとダントツ一番は海老蔵さんということになっていた。私は彼を高校生の頃から知っているのがかなり自慢。その頃私は日舞を習っていたのであるが、女の踊りの時だけは彼も同じお師匠さんについていたのだ。

広尾のイタリアンに連れていってあげたこともある。が、あちらはそんなこととうに忘れているだろうし、言われても迷惑だろう。

まあ、歌舞伎界のいい男といえば、海老蔵さんということで、隼人さんとか松也さんらの若手なんかがそれに続いていた。そこに来て新染五郎さんが襲名し、あっと息を呑むような美しさと顔立ちで話題を集めているのだ。

ああいう古典芸能のすごいところは、何年かに一人、ものすごーい美形を輩出することである。

私は知らないが、今の海老蔵のお祖父ちゃんも、写真を見ると気が遠くなるほどの美男子だった。先日、狂言を観に行ったら、どっかの御曹司がやはり、おおっ、となりたくなるようなレベルだったではないか。

私はアンアンの編集長に直訴した。

「どうか新染五郎さんを表紙にお願いします。それから古典芸能美少年シリーズ」

あと二、三年たったらきっとかなうはずである。早くツバをつけといてね。

話は変わるようであるが、バブルの頃であろうか、いや、その前のことであろうか、若い女の子が歌舞伎を観るのがちょっと流行ったことがある。女性誌でもよく特集を組んでいたっけ。スタイリストとか編集者とかいった、ひとクセある女たちが、こぞって歌舞伎ファンを公言していたのだ。

しかし、

「ちょっと教養あっておしゃれなワタシ」

というのがミエミエで、なんとはなしに世間から反感を買ったような気がする。そのために消えてしまったような……。

今、歌舞伎座に行っても私のようなオバさんか、もっと年上の人たちばかりである。いや、あの時の歌舞伎ファンの女性たちも年をとり、オバさんの中に紛れてしまっているのかもしれない。

代わって勢力をふるってきたのが、「スー女」と呼ばれる相撲ファンの女性たちである。昔は内館牧子さんぐらいしかいなかった相撲好き女性が、今はウョウョいる。テレビ中継を見ていても、土俵のすぐ後ろに若い女性がかなりいる。チケットを手に入れるのはすごく大変なはずなのに、よくあんなに近い席にいられるなぁと感心してしまう。が、今のお相撲さんにそんなにイケメンはいないような。昔はご存じ貴乃花とか、寺尾なんかがいたけれど……。

などということを知り合いのスー女に話したところ、

「何言ってんですか。私たちは取り組みを見て判断するんですよ。そんな顔がどうの、なんてあまり関係ありません。それに強いお相撲さんはみんなカッコいいですよ」

ということであった。ふぅーん、私は自分がデブなので、太った男の人にはまるで興味がないが、友人から頼まれて、モンゴル出身のお相撲さんの後援会理事をやったことがある。その頃、時々チケットがまわってきたので、砂かぶりの席でも見たし、枡《ます》席で見たこともある。あそこで出される焼き鳥は、さすが両国国技館の地下でつくるだけあって、本当においしかったなぁ、という記憶しかない。

ところで最近、例の美容マッサージにハマり、ついに十二枚綴《つづ》りのチケットを買った。なぜならエステティシャンの人が、力を込めながら私のお腹をもみにもみ、

「ハヤシさん、筋肉と脂肪を少しずつ分離させましたよ」

と言ったからである。霜ふり肉を安い赤身に変えてくれたということか。

お相撲さんのお腹を見るたび、いつもこの言葉を思い出す。やはり、筋肉とか脂肪の割合を考えるから楽しめないのかも。

あの三時間かかる美容マッサージにハマっている私。週に二回通っている。時間かかるし、ものすごく高い。体重は減らないが、サイズは確実に減っている。

何よりも、癒やしの時を過ごすことが出来るのが本当に嬉しい。ポカポカ全身を温めるカプセルが、最初はとてもイヤだった。なぜなら私は閉所恐怖症なのである。

「このまま閉じ込められたらどうしよう……」

と思うと、胸がドキドキして、ワーッと声を出したくなってくる。しかし、今はもうイビキをかいて寝ている。

いつも不思議なのであるが、エステで気持ちよくなると、意識ははっきりあるのに、イビキをかいてしまうのはなぜなんだろう。

そしてハッと目が覚め、反省する。いくら私ひとりしかいないといっても、女性がこんなにイビキかいていいものであろうかという思いだ。

マッサージ中、いろんなことを考える。あれは十年前だった。私が本格的女優デビュー（!?）した時のことである。

仲よしの精神科医の和田秀樹さんが、初めて映画を撮ったのだ。その時、

「お金ないからタダで出てね」

ということで、チョイ役で出演。どんな役かというと、娘の東大合格を喜び、赤門前でインタビューを受ける母親の役である。

「出来るだけお金持ちのオバさん風に」

という指示があり、シャネルスーツに大きいバーキン。さらに首には毛皮を巻きつけた。そしてインタビューに答え、

「お祝いに、娘にはハワイの別荘連れていってやらなきゃ」

とイヤミったらしいことを言う。

私のこのワンシーン、映画館でとてもウケたようだ。そして和田さんいわく、

「ハヤシさんのオーラって、世界共通なんだよね。ハヤシさんがどんな人か知らない

アメリカやヨーロッパの人も、冒頭のシーンでみんな笑うんだ」

なんてお世辞を言ってくれたのである。

ところでこの映画「受験のシンデレラ」は、とても評判がよく、外国で賞を獲ったりもした。皆でお祝いのパーティーをした。

この時、モナコ国際映画祭で、最優秀主演男優賞を獲ったのが豊原功補《こうすけ》さん。男っぽくてなかなか素敵な俳優さんだと思っていたのであるが、正直言ってそうブレイクすることもなかったと思う。うまいバイプレーヤーの人が、すごい人気を得ることもあるが、そういうタイプでもなさそうだ。

が、今回の小泉今日子さんとの熱愛で、突然注目を浴びるようになった。この方、離婚していると思っていたけど、まだちゃんと別れていなかったんですね。

しかし、やるなぁ、キョンキョン。私は最近、彼女に会った。私が選考委員をつとめる「講談社エッセイ賞」というのがある。すごく格が高い賞で、平松洋子さんとか歌人の穂村弘さんが受賞なさった。

昨年、キョンキョンの『黄色いマンション　黒い猫』という本が候補作であがってきた時、

「またなの？」

と思う気持ちがあったのは本当。又吉さんの成功以来、やたら芸能人に賞を獲らせようとする風潮があるのだ。

しかしその本は、ただのタレント本ではなかった。ちょっぴり不良がかった、学校になじめない少女が、芸能界に入ってからのことを書いたものだ。みずみずしい感性、というとありふれた表現であるが、とにかくすごく面白い本だったのである。文章もうまかった。そして私はこの本に、大きく○印をつけたのである。

テレビ関係者も証言する。

「待ち時間、キョンキョンって、いつも本を読んでるんだよ」

うーん、いいなあ。皆と群れず一人の世界を持っているんだね。そのキョンキョンが本当に人を好きになった。しかしその人には妻子がいた。写真もいっぱい撮られた。

それでもキョンキョンは、他の人のように、

「仲のいいお友だちです」

「演技について、ひと晩中話し合いました」

なんてウソを言いたくなかったんだよね。

人を好きになるということが、他の人を傷つけることがある。それに不倫というイヤな言葉をつけられる。だけど、もし本当に人を愛してしまったら、どうしたらいい

んでしょうか。

キョンキョンは、そうした疑問を人にぶつけたくなったのではないか。もしかしたら、泣いて会見をしたら人は許してくれたかもしれない。しかし彼女はちゃんと自分の気持ちを言葉にして伝えた。居直っているわけではない。豊原さんの奥さんや子どもさんに対して、本当に申しわけないと何度も言っている。だけど思いきることの出来ない思い。どうか不倫というひとくくりで切らないでほしい。不倫という汚ならしい名前をつけて、すべてを叩き切る風潮、もうやめにしませんか。ちゃんとこのことについて考えてみませんか、と彼女は言いたいのではなかろうか。

キョンキョンは、いつも時代の先頭に立ってきた。そして今、自分の体を張って時代を試そうとしている。私はそう思う。

どれも行きたい！

こんなバッジ
林真理子
美女入門
anan連載
1000
つけてない店員さんいたら
お願いしよう！

この連載がなんと一千回を超え、全国の書店でいろんなプチ催しが行われているはずである。実行されていると思いたい。マガジンハウスが、すごく可愛いバッジをつくってくれた。これは店員さんがつけてくれるもの。もしつけていない店員さんがいたら、

「あれ、どうなってんですか？　ほら、ハヤシマリコのバッジですよ。私、あれが楽しみで今日この本屋さんに来たんですよ」

と言ってくれると助かります。

さて週に二回も行っている美容マッサージ。これが一進一退なのである。毎回、体

重が微増したり微減したりしているのだ。三百グラムとか四百グラム。

「そのくらい、どうということないじゃないの」

と言う人は、たぶんほっそりとしている人だと思う。私のように年柄年中ダイエットしているものは、こういう数字に一喜一憂しながら生きている。おまけにこのあいだ、ものすごく高いマッサージのチケットを買ったばかりだ。

エステティシャンにも言われた。

「ハヤシさん、どうして痩せないんですか。どうして徹底出来ないんですか」

その理由はわかっている。ひとえに私の食に対する貪欲さゆえだ。

毎日のようにメールが入ってくる。

「○○日、××を食べに行かない？」

「予約一年待ちの△△、二席取れたよ」

「ぜひごはん食べたいので、三月で空いている日を」

私はこういうのを断ったことがない。いや、断ることが出来ない。なぜならどこも一度は行きたい店、あるいはどうしてももう一度行きたい店なのである。

私は大喰いのうえに性格もよい（ホント）。話題も楽しい。おごられっぱなしはイヤだから、おごり返すし、出来る限りワリカンにしてもらう。そんなワケで、私のところには、いろんなお誘いやレストランの席がやってくるわけだ。すると一種の情報センターとなり、お願いごともされる。

「マリコさん、私、どうしてもあそこに行きたいの。もし席があったら、絶対に連れていってね」

仲よしのA子さんから頼まれた。彼女は専業主婦だが、食べることが大好き。ややぽっちゃりしているが、ある時私に言った。

「私ね、もう痩せるの、やめることにした」

自分の人生を顧みて、もう子どもたちも大きくなった。これから先、不倫なんてことも絶対起こりそうもない。

「もう食べることにためらいはないの。おいしいものを食べ続けようと決心したのよ」

彼女のご主人はお金持ちなので、あちらこちら食べ歩いている。しかしある店だけはどうしても予約が取れないのだ。この店は週に四日間しかやっていない。しかも席は六つだけ。みんな貸し切りにしてしまうから、ふつう入り込めないのである。

ハムを薄く切る機械を前にして、客たちは半円を描くように座るのだ。まず最高級のパルマハムだの三種類が、ふわふわとまるで羽のような薄さで供せられる。焼きたてのパイ生地にのせていただく。そのおいしいこと。

僧侶のような店主がたった一人でやっているのであるが、手ぎわがいい。オーブンの中では肉がじゅーじゅーいっているし、鍋の中ではパスタのためのお湯がふいている、といった感じ。静かにすべてが行われ、私たちはそれを見守る。

私はこの店に三回行った。どれも「一席空いてるから」と誘われたのだ。が、今回は食通の友人が、「二席空いてるから」と言ってくれたので、A子さんに声をかけた。

雪が軽く降っている日、六人の食いしん坊が集まり三時間の食事をした。

「まるで夢のようにおいしく楽しい時間でした。マリコさん、本当にありがとう」

こういうメールをもらうと、私は本当に嬉しい。よし、彼女のためにもっと頑張ろう、と心に誓う。

今週は四回も会食があった。

名古屋で講演会があり、四時に終わった。ふつうなら帰るところであるが、地元の友人が声をかけてくれる。

「すごくおいしい和食屋さんに行こうよ」

たらふく食べて、最終近い新幹線で帰ってきた。

そして次の日、今度は京都へ。会員制のレストランが二席取れ、地元の友人を誘っ

ていたのだが、途中で行くのが億劫《おっくう》になり、

「京都の友だちと一緒に行って」

と頼んだところ、六時に席に座れる人はいないんだそうだ。知らない人ばかりの中、友人を一人で行かせるわけにはいかず、やはり私が出かけることに。

最終の新幹線で帰る中、少し反省した。

「毎日こんなことばっかしてる私って……」

デブのままだし、新幹線代だけでもかなりかかってる。ごはんのために一日をつぶすなんて。もう少し食への好奇心をおさえよう……。しかしさっき、秋元康さんから誘いのメールが。

「岐阜の伝説のジビエ、日帰りで行こうよ」

即座に行く、行く、と返す私である。

魅惑のEライン

　ずっと年下だけど、川上未映子ちゃんとは時々会う。
最近の若い女性作家は、本当に美人で可愛いコが多いけれど、彼女はダントツ。おまけにセンスがよくて、ファッションやメイクはいつも目を見張る。決してキバツではないのであるが、ややトガっていて流行をうまく取り入れている。日本の出版界に初めて現れたファッショニスタ。私も長いことこの線を狙っていたけど、体型が邪魔してなれなかった……。
　先日も一緒にごはん食べたら、お土産にトム・フォードのアイシャドウを持ってきてくれた。

「マリコさん、これ、すごいです。本当にいいです」

使い方をラインで送ってくれるやさしさ。三人で鍋をつついたのであるが、真白いオーガンジーのブラウスを着ていた。汁がとびやしないか、私は気が気ではない。しかしそういうこと考えると、冬のおしゃれなんか出来ないよね。

ところで彼女は、私が紹介した歯医者さんで歯の矯正をしている。もうちょっとたつとそれこそ正真正銘の美女が出来上がるはず。

私も昔のことを思い出す。そう、四年近くかけて歯を直したのだ。当時、テツオの、

「目は大きいのに、顔の下半身がブス」

という言葉に奮い立ったのだ。

あの頃は、大人で歯を直す人なんか誰もいなかった。ちょっと名前が知られた人だと、私が初めてかもしれない。それで結構話題になったものだ。

「何本も歯を抜いて、お金をかけて、何もそんなことまでしなくても」

という声が多かったが、寝る時もベルトをつけて矯正するうち、私のかなり前に出ていた口先は、奥にひっ込み、かなり顔つきが変わったのである。

「あの時に、ついでに整形しときゃよかった」

私の本音に、女性二人が笑った。

「私がしてみてわかったけど、歯の矯正って整形みたいなもんですよね」

「そうなのよ、すっごく顔の印象変わるもんね。だけどね、あん時についでに顎を出しとけばよかったとつくづく思うわ」

と私。

この頃テレビを見ていても、芸能人の顎が気になって仕方ない。昔はあんなにキュッととがった顎の女の子はいなかった。みんな外国人のような顎だ。

ついこのあいだのこと、私は歴史学者の磯田道史先生と、日本女性の顎問題について語り合った。

「昔の浮世絵見ても、昭和の絵画見ても、日本人の顎って丸くてひっ込んでますよね。それがどうしてあんなにとがって前に出るようになったのかしら。食べるものが変わった、なんてことだけで、あんなになるはずないし。あれはやっぱり整形ですよねー」

「そうですよ」

と先生はきっぱり。

ちなみに先生は大変な「整形フェチ」である。ユーチューブであげられる、整形のプロセスをよく見ているそうだ。

「だから僕がまわりの女性の中で、いちばん好きなのは△△○○さんです」

と公言している。△△さんは、最近露骨に、

「お直しした」

と評判である。

しかし先生は、あの吊り上がった目や、ぽってりしている唇を見ると、ぞくぞくしてくるという。

「だけど、こんな僕でも、芸能人のあのとんがって前に出ている顎はヘンだと思いますね。そもそもこれは、歯医者の陰謀です」

力説する。

「日本の歯医者は、Eラインとか言って、おでこと鼻と、顎の先が同じ位置にあって、その中に唇があるのが理想とか言うけれど、日本人であんなEラインをつくれる人はまずいないでしょう。だからみんな、鼻を高くして、ついでに顎を前に出す。同じ横顔になるんですよ」

また私の友人はこんなことを言った。

「目を切開している人は、横から見てすぐにわかるわ。V型になっているから」

未映子ちゃんも、知り合いの美容整形医からこう教わったそうだ。

「夕方手術すれば、次の日にはふつうにお化粧して外に出かけられますって、そのくらい日本の技術は進んでいるんですって」

あれがチャンスだったかもしれないなぁ。

歯を矯正でひっ込める際、鼻を少しずつ高くして、顎も前に出せばよかったんだ。そうすれば私も、今頃は「美貌の作家」とか言われたかも……。が、もう既に時は遅し。今だったらお顔のリフトアップが先でしょ。

それに負け惜しみでもなく、私は日本女性のひっ込んだ丸い顎も可愛いと思う。やたら攻撃的なとがった「外来種」の顔の中で、それはとてもやさしげだ。もっさりはしてても。

つながりたい人

最近スマホをいじりながら、考えることがある。

「こんなにお友だち、必要なんだろうか」

三百二十人いる。いつもラインかわす人は十人もいないけれども、なんとなく交換した人がいっぱいいるわけだ。

ごはんを食べる。初めての人もいる。

「楽しかったねー」という言葉のあとで、

「じゃあ、みんなでライン交換」とか、

「グループつくろう」ということになるはず。しかし中には、

「ワタシ、この人とはもう二度と会わないだろうなぁ」と思う人がいる。ちょっと苦手なタイプだ。しかしこういう人に限って、やたら遊びに誘ってくる。断るのがとても大変。若い人ならスタンプだけで済むんであろうが、いいトシの大人がそういうわけにもいかない。

その反対に、聞きたくて聞きたくてたまらない番号やアドレスというのがある。某男性とは時々会ってごはんを食べる仲。でも私は彼のアドレスどころか、携帯の番号も知らない。それはなぜかというと、この世に携帯というものが存在しなかった頃からの仲だからだ。私は知りたくてたまらない。が、まさに「機を逸してしまった」のである。

ユーミンともそうであった。彼女とは三十年以上の仲。しかし友だちではない。大スターとファンという距離は縮まったことはなかった。一緒にごはん食べても、お芝居観に行っても、お酒飲んでも、あちらはあくまでも大スターの女王さま。私なんかウザいファンの一人でしかない。

が、そのユーミンがこのあいだ、

「そういえば、携帯教えてないよね」

と交換してくれた時の嬉しさ。いちファンからちょっぴり昇格したということですよね。

ところで、私のまわりには「魔性の」とか「凄腕の」とか言われる女性が何人かいるが、彼女たちの連絡先の聞き方というのは、まさに神業である。

つい先日のこと、某シンポジウムが開かれることになり、地方都市に一泊した。そこにゲストとしてやっていらしたのがAさん、と思っていただきたい。詳しい職業は言えないが、古典芸能をやっている有名人だ。

仲よしのB子とだらだらお酒を飲んでいたのであるが、ホテルのバーが閉まってしまった。

「コンビニで何か買って、私の部屋で飲もうか」と提案したら、

「じゃあ、Aさんも呼んであげよう」

と電話をしたのにはびっくりした。確か初対面のはずだったのに……いつのまに……。

けげんそうにやってきたAさんに、B子は艶然と言い放った。

「だって、ひっかけるつもりなんだもん。ふふふ……」

相手はびっくり。でも嬉しそう。頬っぺたを自分でひっぱり、

「あー、ひっかかった」

とふざけてみせる。それに、

「本気でひっかけるわよ」

と色っぽく言う彼女。なんかすごいやりとりを見せてもらった。

次の日、彼女の携帯はAさんからの着信でいっぱい。しかし出たりはしない。

「だってめんどうくさいもん」

こういう人にとって、男の人というのは、そこにいればモーションかけて、その気にさせるものなんだとしみじみわかった。

「山があるから登る」

というようなもんなんだ。

ところで先週のこと。このB子とあるパーティーに出かけることになった。そこには今をときめく、大スターのCさんがいらっしゃることになっている。私たちはその方とは旧知の仲だ。しかし全く親しいというわけではない。私は願望を口にした。

「こんなチャンスはないんだから、なんとかラインをゲットしたい」

「まかせて」

と彼女は言ってくれた。

そして当日、Cさんに挨拶をし、近くに座る私たち。

「あのー、一緒に写真撮ってもいいですか」

と私がスマホをとり出した瞬間、すかさず彼女が言ったのだ。

「Cさんって、ラインしますぅ?」

「しますよ」

「じゃあ、つなげてくださいよぉー」

「いいですよ」

びっくりした、なんてもんじゃない。大スターともこんなに簡単にラインがつながるものなの！　しかし私も必死で頑張った。

「グループでお願いします！」

と入り込んだのである。そして四日がたった。グループラインは、B子の熱烈なCさんへの賞賛と、彼のややそっけないけど嬉しそうな返事がやりとりされている。私なんかもうじきはじき出されそう。

そう、恋愛のマストツールでは、いつもこんなドラマがくりひろげられているのである。

〝玉の輿〟に乗れるのは

どれほど自立心にとんだ女性であろうと、どれほど誇り高く生きていようと、仕事に疲れた時に思うはずである。

「あーあ、玉の輿《こし》に乗りたかった……」

医者とか外資といったレベルではない。その名を言うと、みんながのけぞるような男の人の奥さんになったら、どんなに楽しかろう。

たとえば海外に行く時、私はビジネスクラスで行く。これでも頑張っている方だと思うのであるが、お金持ちの奥さんたちはファーストクラスだ。

「主人が何かあったら大変だって言うから……」

ダンナのお金で行き、そしてあちらに着いたら着いたで、支社の人たちにちやほやしてもらう。こんな人生を私もおくりたかった……。

このあいだ銀行に新しく口座をつくりに行った。今まで本名でつくっていたのであるが、必要にせまられて、「林真理子」の名前でつくらなければならなかったのだ。私は制服を着て立っている女性に名刺を渡し、

「この名前でつくれませんか」

と頼んだところ、

「そういう人、たまにいるんですけどね。芸能人なんかは認めてますけどね」

と、ものすごく感じが悪かった。

私の友人の場合、クレジットカードをつくろうとしたら、主婦だからと断られたそうだ。まぁ、自分の収入はないんだしと諦めてうちに帰り、たまたま遊びに来ていたお義母さんに話したところ、

「まぁ、うちを誰だと思っているの!?」

とカンカン。すぐに支店長を電話口に呼び出し怒鳴ったそうだ。するとすぐに支店長と担当者がすっとんできて、平謝りに謝ったという。

代々の老舗企業で、ものすごい額の預金があるからである。

ここまでいくと、羨ましさなんか感じない。すごいなあとただ感心する。女一人で頑張ったってタカがしれてるなぁと、しみじみ思い知らされる時だ。

今日、某大手IT企業の奥さんとランチをした。その方がこの『美女入門』の愛読者だったのだ。こちらの方がドキドキ。

超お金持ちの奥さん、しかも若くて美人。センスのいいお洋服を着て、胸元にはダイヤのチェーンがさりげなく光っていた。

最近のお金持ちは、奥さんにも株を持たせるから、ご本人もとんでもないお金持ち。だから自由になれる。今自分で、いろんなお店をやっているそうだ。

こういうのって、本当にいいと思いません？

ご主人と知り合ったきっかけは、職場が同じだったそうだ。上の年代にも職場結婚は多い。ずっと以前、日本を代表する企業の会長夫人とカラオケをしたことがある。七十代だから、ふつうに高卒でお勤めしたそうである。そんな彼女にエリートの彼がひと目惚れしたみたい。

「その時、これほど出世すると思いましたか」

と質問したら、

「全く思ってもみませんでした。だけど、とても責任感のある人でした」

あの時代は職場結婚がとても多かったはずだ。将来会長になる人と、係長止まりの人の違いはそれほどはっきりしていなかっただろう。それなのに会長夫人はすっごいあたりクジをひいたのである。

こう考えてみると、将来玉の輿に乗る、というのはものすごい偶然のタマモノだ。しかし最初から、当然「玉の輿に乗る」というのがわかっていた結婚もある。

私の友人は大学生の時に、某大企業の令嬢の家庭教師になった。そしてそのお兄ちゃんに見染められて結婚。今は社長夫人である。

もう一人、社長夫人の友人がいる。この方のダンナさんの会社もすごい。日本人なら誰でも知っているトップ企業。

「どこで知り合ったの？」

と聞いたところ、インカレで東大のスポーツ部のマネージャーをしていたという。

彼女も社長夫人でありながら、自分で仕事を持ちバリバリ働いている。が、女一人で働くのと、後ろにダンナがいるのではまるっきり違うかも。

いいな、いいな、本当にいいな。ダンナさんはみんなやさしく、お金持ちでもエバったりしない。奥さんと二人、しょっちゅう海外へ行っている。

いいなーを連発し、私はふと自分に問いかける。

「アンタ、まさか幸運だけで玉の輿に乗れたと思ってるわけじゃないでしょう。そう思ったら大間違いだよ」

そう、彼女たちは名のある大学に通い、その場にいた。そういう場所に。努力もしない、魅力もない、勉強もしない女たちが、そういう場所にいるわけはない。

「玉の輿」が空から降ってくると思ったら大間違い。若かった私はそういう場所に行けなかった。だから自分で頑張って、自分の場所をつくるしかないのだ。

〝ポー〟、観ました？

宝塚の新作「ポーの一族」がすごい話題である。

ぜひ観に行きたい、と思っていたところ、アンアンの編集長のキタワキさんが、なんとかしてチケットを手に入れてくれたのである。

しかも前から三番目の特等席。いやあー、素晴らしかった。主役の明日海《あすみ》りおさんと柚香《ゆずか》光《れい》さんは、まるで原作から抜け出してきたみたい。

「この世の者とは思えないほど美しい少年二人」

が再現されていたのである。

ストーリーもしっかりしていて、ドラマティック。脇を固める、大老ポーとか降霊術師の女性なども、リアリティがある。

私は断言していいのであるが、この「ポーの一族」は、ベルばらに替わる宝塚の宝物になるに違いない。最終日までチケットは完売らしいし、会う人ごとに、

「ポーの一族観た？」

「すごいよ」

という言葉がとびかっている。

ところで宝塚といえば、この春私に朗報が。かねがね私は「ポーの一族」ならぬ「ジェンヌの一族」が欲しいと思っていた。先日のこと、山梨に帰ってイトコたちと喋っていたら、すごい事実が！

私の叔父さんというのは、高校の先生だったにもかかわらず、三回も結婚していた。そして一回目の奥さんとのあいだに娘がいて、その人は宝塚に入団していたというのだ。大人になってからわざわざ会いに来たらしいが、イジワルな三番目の叔母さんが追い返したという。私は口惜しくて仕方ない。せめて芸名だけでも聞いてほしかった……。

ところが最近うちの弟からこんなラインが。

「うちの嫁の、イトコの娘が、晴れて入団しました。よろしく」

すごく可愛い袴姿のジェンヌの姿があった。

「うちの一族から晴れてジェンヌが！」

と皆に自慢したら、

「弟さんの奥さんの、イトコの娘なんてアカの他人じゃん」

とせせら笑われた。確かにそうであるが、これから応援しようと心に誓う。

ところで、美しい美しい宝塚の話のあとでナンであるが、またもやダイエットについて。

つい先日のこと、私は三泊で上海へ行ってきた。心ならずも食べまくりの旅となった。おいしい中華を毎日食べた。これだけで済んでいればよかったのであるが、中国は粉もの文化の国である。街で売っている肉饅頭やあんの饅頭がものすごくおいしい。ホテルの朝ごはんにも、タンメンなどが用意されていてつい食べてしまう。粉ものにハマってしまったのだ。

それどころか最終日、すんごいご馳走が待っていたのである。

このオープンしたばかりのホテルには、日本の名店「くろぎ」が出店していた。なんとあの世界的建築家、隈研吾さんが内装を手がけていてとても素敵。

食事の前に、

「ハヤシさん、ものすごく量が出てくるけど大丈夫？」と聞かれ、

「こういう時は、とことんいただきます」

と胸を叩いていた私。しかし中国の方にも合わせているので、確かに量が多かった。私の友人はハーフにしてもらったが、そちらの方が正解だったかも。

それにしても、なんでもおいしい。フグもあるし、すき焼きもある。くろぎ名物のゴマ豆腐の上には、フォアグラがのっている豪華さだ。しかも獺祭《だっさい》をはじめ、最高級の日本酒がマリアージュされている。なんといおうか、とことん美食の幸福を味わわせてやろうという、お店の方針なのである。

本当に楽しく夢のような一夜が過ぎ、現実が戻ってきた。帰った次の日、よせばいいのに私は美容マッサージに行った。こういう場合は、体重調整をしなければいけなかったのに……。

そして体重計にのった。

ガーン！

二・五キロ増えていた。ショックのあまりめまいがしそうだった。このマッサージはものすごく高い。高いからダイエットを頑張るだろうと思っていた私がバカだった。

しかし私には希望が残されている。この二日後、人間ドックだったのだ。ご存じの

とおり、人間ドックの時は下剤を飲み、絶食をし、お腹を空っぽにしなければならない。そして次の日、ふらふらになって体重計にのったら、なんと二キロ減っているではないか。

私は誓った。

「これから私の胃袋はまっさらになるはずである。もう甘いものや糖質は入れない。絶対に」

そうしたら看護師さんが、

「お腹空いたでしょう。低血糖になると困るからこれ食べて」

とお茶とクッキーと黒糖のお菓子を出してくれるではないか。誓いの五分後に食べた。

「今夜の食事、気をつけることありますか」

「何もありませんよ」

ということだったので、会食に行きワインを飲み、肉をいっぱい食べた。次の日、一キロ増えてた。……私のカラダって。

ジェンヌのあとに、こんな話ですみません。

ピュアな原石

「私が主役をやる公演を観に来てください」

というお誘いがあり、さっそく出かけた。行ったところは、東京のはずれにある二百席ぐらいのホールである。学生演劇にしては、破格の立派さであろう。

大学の後輩のマユコちゃんと知り合ったのは、つい最近のこと。大学で演劇を学んでいる彼女は、目をキラキラさせて、

「私、どうしても女優になりたいんです」

と語ったものだ。

確かにキレイなコであるが、いいところのお嬢さまでふつうの女の子、といった印

象が強い。私は仕事柄、女優さんやタレントさんに何人も会っているが、彼女たちはキラキラした光を放っている人種だ。

このあいだ（二〇一八年五月）は広瀬すずちゃんと対談したが、十代にしてすごいオーラである。感じのよいピュアな女の子のようでいて、こちらを圧する力がハンパない。

残念ながら引退してしまったのだが、堀北真希ちゃんもすごかった。美しい、なんてもんじゃなくて、もう造形の極み、という感じであった。

確か彼女は、東京北部のどこかの町で暮らしていて、部活帰りにジャージ姿で歩いているところをスカウトされたのだ。

つまり何が言いたいかというと、原石は中学生の頃から輝いているということだ。

その点、マユコちゃんは大丈夫かなあ……。ふつうのいい子だけど……と思ってホールに行った。そしてびっくり。

彼女は黒人の歌手の役なのであるが、その歌のうまいことといったらない。ダンスも長い手脚をフルに生かしていた。

それより何よりびっくりしたのは、舞台の上でまるっきり別人になっていたことである。ブルースを歌う酒場のおネエちゃんであるから、ぴっちりした黒いドレスを着て、その妖艶さはぞくぞくするほど……。いつもの礼儀正しい、恥ずかしがり屋の彼女とは別人だ。

「うん、彼女はきっとイケる」

と私は確信を持ったのである。一緒にプロの脚本家やテレビ局の人たちも見ていたが、みんな、

「学生演劇と思って、ナメてかかって悪かった。びっくりだよ」

と言っていたっけ。

この公演に、私はA子ちゃんを連れていった。彼女は十九歳でやっぱり女優さん志望の女の子である。昨年田舎から出てきてタレントスクールに通っている。いろんなことがあり、私がめんどうをみている女の子だ。A子ちゃんはとっても可愛いのであるが、それよりも素朴さが先に立つ。顔はまん丸だし、脚もやや太いかもしれない。

しかし彼女はどんなことをしてでも女優になりたいと言う。

「頑張れるところまで頑張って、それでダメだったら田舎に帰ります」

この公演で彼女に会ったテレビ局の人が言った。

「このままふつうのOLさんになるならいいけど、女優さんになるにはもっと努力しなくっちゃね。まず女優さんは口元が大切だから歯を直さないと」

私もそうした方がいいと思うが、そういうことを伝えるのはむずかしい。終わったあと、ごはんを食べながらそれとなく、

「前歯を矯正した方がいいよ。これからオーディションを受けるんだし……」

と勧めたところ、

「そうかなあー……」とあまり乗り気ではない。

「それより目を直したい。二重まぶたにするまではいいって、お母さんも言ってたから」

私はこうアドバイスした。

「A子ちゃんのいいところは、その真っ白な肌と、ちょっと日本人形みたいな奥二重だよ。それを直して、パッチリおめめにしてもただのふつうのコになってしまうよ」

私が若い女の子たちのめんどうをみるのが大好きなのは、もう一回自分の青春をやり直しているような気がするからだ。

よく、人生を後悔していない、と言う人がいるが、私は「あちゃー!」と思うことがいっぱい。ものすごく恥をかき、ものすごく失敗してきた。それはもちろん今の私の糧となっているのであるが、

「あーすればよかった」

「こーすればよかった」

と思うことでいっぱいだ。その知恵を少しでも若いコたちに教えてあげたいと思うし、今の私が持っているものを少しでも還元したい、と考えている。A子ちゃんには、私の大好きなオペラや演劇、歌舞伎もいっぱい見てもらいたい。まず手始めはミュージカルかな。A子ちゃんはミュージカル女優を目指しているけれども、一度も生で観たことがないんだって。そんなわけで、

「チケット取ってあげる。いつがいい？」

と尋ねたところ、

「私の友だちもいい？」

タレントスクールの同級生だそうだ。もちろんいいですとも。

「私の彼氏なんだけど」

そうか。恋の方は充実していて心配なさそうだね。ここはおばさんの出る幕じゃない。恋は自分で考えて自分で実行。成功も失敗も自己責任だもんね。

悪いこと
した?
nana no hensachi

どの国も同じ

春になると激しくわき上がる感情。

「もうデブはイヤだ！」

もちろん今でもダイエットはやっている。炭水化物や甘いものは食べないし、車を使わず、出来るだけ歩くようにしている。そしてあの高ーいマッサージも。が、それほどの効果はない……。

週に二回行っていたので、十二枚綴りのチケットはあっという間になくなってしまった。そのチケットの高さはハンパない。

「あまりにも高いから、私はもう続けないつもり」

と紹介してくれたA子さんに言ったところ、彼女に叱られた。

「あのね、今はね、若い時に稼いだお金を自分のために使う時なの。少しでも体のためになることには、じゃんじゃん使わなきゃダメなの」

しかし私は彼女のような大金持ちではない。

「だったら、これからは私が払ってあげます」

と言うではないか。

「私はハヤシさんに少しでもキレイになってもらいたいの。あのチケット代ぐらい私が払ってあげるわ！」

まさかそんなことが許されるわけもなく、泣き泣きチケットを買いましたよ。考えてみると、私のやる気を出すためにA子さんは、

「私が払ってあげる」と言ったのかもしれない。

そうするうち、仲よしのB子さんから素敵な情報が。

「安くてすごく空いてるジムがあるよ。私も入会したんだ」

しかもこのジムは、私にとってなじみのあるところである。

バブルの頃、バカ高い豪華ジムが出来た。お風呂もプールも設備が素晴らしかった。ふかふかのバスローブもタオルも使いたい放題。イケメンのトレーナーもついてくれ

た。レストランもホテルもついていた。

私は当時独身で、自由になるお金があったため、高ーい入会金を払うことが出来たのである。その前は老舗のホテルの会員になっていたのであるが、お金持ちの奥さんばかりでとても感じが悪かった。サウナに私が入っていくと、ぴたっとお喋りをやめてしまうのだ。

「物書きのヤクザな人が入ってきてやーね」

という雰囲気がミエミエであった。そんなわけで、そこをやめ、私はジムのさすらい人となっていくのである。

だからオープンしたばかりの、その豪華ジムに入った時、

「一生ここに通おう」

と心に誓った。

しかしグータラな私のこと、三年通ううちには、次第に足が遠のいていった。そのうちにまるっきり行かなくなり、退会してしまったのである。

「やっぱり電車か車で行かなきゃいけないジムって行きづらいかも」

そうだ、歩いて行けるところにしようと決心し、入会したのが駅前のジム。ここはものすごくリーズナブルなところであった。

近所の仲よし奥さんと、三日おきに通うようになり、今回はいい感じかなーと思いきや、なんだかここもイヤになってきた。

なぜかというと、あまりにも安いために、ロッカールームがとてもチープ。シャワーがついているだけ。トイレも〝便所サンダル〟を履くようなところだ。

おまけに朝からマッチョな男性が、がんがんとばしてやっている。重そうなバーベルを上げて、うーんと筋肉を震わせている。

有料・無料のアクティビティもいつも満員だ。私はなんだか行くのがイヤになってしまったのである……。

つい先日、テレビを見ていたら、私の大好きなダイエット番組をやっていた。デブを集めて合宿をし、徹底的にエクササイズと食事療法をするというやつだ。今回はそのアメリカ版である。

あちらの人の太り方というのは、日本のそれとまるで違う。骨格がしっかりしているところに肉がついているので、体が巨大化しているのだ。お腹のところの肉なんか本当にすごい。

しかし日本のデブたちと同じところは、言いわけするところ。

「私は一生懸命やっているつもり」

「私はお菓子がないとやっていけないの」

「仕事が忙しいのよ」

こっそりお菓子をつまんでしまう、いちばんデブの女の子は、いかにも意志が弱そうだ。自分を見ているようで、本当につらくなってしまった。

だが彼女たち、日本の女性トレーナーが頑張ったおかげで、みんなダイエットに成功したのだ。三人で十五キロ減らしている。本当によかった。めでたし、めでたし。

さて私が四月から入会すると決めたジムは、かつて若い頃私が入っていたところである。そう、あの豪華なとこ。

世の中の景気が悪くなり、経営母体が他に売り渡したのは五年前ぐらいのこと。建物自体が売却され、昨年新しくオープンしたのだ。以前と同じ設備と快適さで、入会金は十分の一！

今回が前と違うところは何か。一緒に行く夫がいること。車で連れていってくれるはず。

ロミジュリ現象

つい先日、某省の超エリートと飲むことになった。

「ついでに独身のイケメン、何人か連れてきてね」

と頼んだところ、四人連れてきてくれた。私はまわりの女性のおムコさん候補になるような三十代と念を押したのに、やってきたのは全員二十代であった。結婚したがっている女性は、みんな三十代なのに。

「だけどハヤシさん、どこの省を見渡しても、三十代の独身って本当にいないんですよ」

なんでもこの頃結婚が早くなっていて、大学の時からの恋人と、さっさとしてしまうそうだ。

「官僚になると、すごく忙しくなるのがわかっているからですかね」

そうかあ……。東大生、インカレサークルで多くの女の子が狙っているんだね。その中に松山ケンイチそっくりの男性がいた。横から見るとさらに似ている。

「写メ撮ってもいい？」

「いいですよ」

ということでパチパチ撮り、あとで友だちに見せたところ、みんなが口を揃えて「松山ケンイチに激似」と驚いていたものだ。

ところでこの飲み会を催すにあたり、女友だちが急きょ欠席となり、女性は私だけになった。

夫が言う。

「君みたいなオバさんひとりじゃ、彼らがあまりにも可哀想だろ」

それもそうだと思い、あれこれ考えた。若い女性編集者でもいいのであるが、週刊誌がある出版社だと、何かとキナくさい今日この頃。彼らが用心してしまうに違いない。

それなら政治色の全くない、アンアン編集部はどうかしら。私の担当のシタラちゃんなら可愛くておしゃれ。きっと彼らも喜ぶかも。しかし彼女は仕事の会食が入っているという。

「わー、こんなチャンス、残念です。口惜しいです」

それならばと、姪っ子にメールをした。彼女なら国立大卒・外資勤務。そうバカではない。

「わー、○○省の若手官僚！　行く、行くー。私、六本木で会食だから終わり次第行く」

ということで、こちらの食事が終わる頃やってきて、私は帰ったが、その後皆で飲みに行ったようだ。ちゃっかり皆とラインも交換している。

「だけどオバちゃん、みんな年下だったよ」

その後、進展はないとか……。

さて、こういう若手エリートもいいけれど、先週会った役者の卵ちゃんたちも本当によかったなぁ。

私が何かとお節介をやいている、地方出身のA子ちゃんがいる。このエッセイにも時々出てくる彼女は、女優さんを目指して芸能スクールに通っているのだ。十九歳になったばかりの彼女には、同級生の彼氏がいて、ラブラブの様子をインスタにのせたりしている。

ミュージカルを観たいと言うので、日曜日に予定していたところ、彼女からメールが。

「友だちも連れていきたいんだけど」

彼氏だとピンときた。

いいよ、もちろん、と答えたら、

「他の友だちもいい？」

スクールの同級生だって。

「だったらチケット何枚か用意してあげるから、友だちみんなで行きなさい。私は行かないけど」

若いコたちで行った方が楽しかろうと思ったのだが、

「みんなマリコさんに会いたいって」

意外な返事が。

そんなわけで当日、劇場前で待ち合わせた。芸能人志望のチャラい男の子たちだとイヤだなぁ……、と内心案じていたのだが、さわやかなイケメン二人であった。A子ちゃんの彼氏は、大学を出てからスクールに入ったのでちゃんとした大人。誠実で知的な青年であった。もう一人の男の子も小顔のクールビューティ。この男の子二人は、オーディションに受かり、最近話題のお芝居にも出演している。私もそのお芝居を観ていたが、後ろのアンサンブルの町人たちの中に彼らがいたわけだ。

ミュージカルのあと、代々木上原の焼肉で夕ごはんを食べた。男の子たちの食べることといったら、本当に気持ちいい。そしてスクールの話をいろいろ聞いた。

「授業の最初に、ペアを組んで『ロミオとジュリエット』のバルコニーの場面を練習します。これは〝ロミジュリ現象〟といい、たいていのペアはつき合うようになります」

A子ちゃんと彼氏も、この時のペアがきっかけだ。抱き合うシーンで真赤になったA子ちゃんを、彼氏は本当に可愛いと思ったそうだ。

「ロミジュリ現象。いい話だねぇ……」

私はうっとりとした。舞台を志す若い男女が、バルコニーで愛をささやく。

「あぁ、ロミオ、行かないで。あれは夜を告げるナイチンゲールの声よ〜」

酔ったオバさんは、突然セリフを口にし、若い人たちに引かれたのである。

食とワインと男と女

三月も四月も、夜のスケジュールがびっしり。土日を除いて、すべて会食が入っている。

五月もゴールデンウィークを除いて、毎晩誰かと会食。夜はお酒に酔っぱらって帰ってきてちょっとひと息入れ、お風呂に入ったりすると夜中の一時半過ぎになる。朝寝坊出来るかというとそんなことはない。朝の七時には、うちのワンコの、

「早く朝ごはんくれ〜」

という声に起こされるからである。

それに寝坊をすると、夫がいい顔をしない。

「毎晩遊びまわっていい加減にしろ」

と嫌味を言われる。本当に疲れる毎日だ。

どうしてこんなに忙しくなったのか。理由はわかっている。

レストランを予約するシステムが、おかしくなってきたからである。

昨夜初めて行った麻布のお鮨屋さんはとてもおいしかった。また食べたいものだと思ったところ、

「予約は七月からネットで受けつけます」

だって。今から三ヶ月後だ。

別のお鮨屋さんは、予約は一年前からしないと入れない。他にも人気の和食や中華、イタリアン、焼肉は、ふつうにしているととても予約が取れなくなっている。お金持ちで食いしん坊、そして顔がきく人たちが、

「三ヶ月後に四席ね」

「半年後に六席」

という風に席を押さえているからだ。まずは予約しておいて、あとから人を募る。

自分たちが行けなくなると、席を振ってくれる。私など食べるのが大好きなうえ、食費は惜しまない。ワリカン要員としては最適である。それに話は楽しいし、よってお

誘いがいっぱい。

「七月八日に、○○鮨が二席取れたよ」

「予約困難のあの焼肉、五月七日に三席あるよ」

としょっちゅうメールが入り、どれも自力では予約が取れないところばかり。

「行く、行く。絶対に行く」

ということになり、いつのまにかスケジュールが埋まってしまうのだ。

今週はさすがにつらかった。体重は増えるし寝不足で、ぼーっとしてしまった。食通とかグルメと呼ばれている人たちを見ていると、皆おいしいものを食べるために努力している。

週に三回ジムに行く人もいるし、絶対に食事中お酒を飲まない人もいる。私も見習おうと思い、新しいジムに入った。しかしお酒はつい飲んでしまう。そお、いちばん糖質の少ない焼酎をオーダーするのであるが、困るのはワイン好きの友人が、何本か持ってきてくれることですね。

「これ、ハヤシさんが好きそうなボルドーの赤」

「ナパのカルトワインだよ。絶対君の好み」

とか解説がつくとついぐびぐび。私は確かにお酒が強い。しかしこう毎晩飲んだら体によくない。絶対によくない。が、ワインを捧げられるというのは、デキる女の証しである。男はどうでもいい女には、ワインを飲ませない。本当。私なんか仕事を頑張って、なんとかワインをご馳走してもらう立場になったわけであるが、世の中には若くて美人というだけで、高いワインを当然のように飲む女がいる。

よくワイン会というと、意味もなく男性が連れてくる女性がいる。

「僕の友だちでワイン好きだから」

ということである。若いけどやたら落ち着きはらっていてワインに詳しい。

「これさすが。パーカーポイント高いだけありますよね」

「〇〇〇〇（むずかしい名のワインのつくり手）らしい味ですね」

とかなんたらこうたら。

バブルの頃は、こういう女性がいっぱいいた。お金持ちのワイン会を次々と渡り歩くような女性たち。どこかのCAさんが多かった。

一時期ちょっと鳴りをひそめたと思ったが、またこの頃いっぱいいろんなところで見る。私としては身の丈に合ったお酒を飲んだ方がいいと思うけどな。

私がいちばん楽しみにしているのは、仲よしのバツイチ男性のうちでのワインパーティ。ひとり暮らしなので、先に行って誰かが掃除をしなくてはならない。一人一品持ってくるというルールがある。

「ハヤシさんはごはん関係」

と命じられ、おにぎりを二十個ぐらいつくっていく。忙しい女友だちは、シューマイやサラダをデパ地下で買ってくる。カリフォルニアワインを中心に、次々と栓が抜かれていく。先々月、この集まりに女優さんがやってきた。そう有名ではない。が、やたら色っぽくて、ワインを飲むしぐさがステキ。

その時出席していた私の友人（この人は有名人）が彼女にひと目惚れしたらしい。今週の写真週刊誌に二人のことが出ていた。二ヶ月もたっていないのに早い。やはり男と女のことには、お酒が介在してるんだ、とつくづく思う私です。

でかした、姪っ子！

棚の奥深く眠っていたケリードールを、新宿に売りに行った話は既にしたと思う。新聞に入っていたチラシに、

「ケリードール、高く買います」とあったからだ。

このケリードールは、今から十四年前にパリの本店で買ったもの。オモチャみたいな可愛らしさに惹かれたのだ。しかし小さ過ぎて役に立たない。そのまま忘れてしまっていたものである。

それに高値がつくというので、さっそく持っていったところ、一時間以上も待たされ、

「本部に問い合わせたところ、この革帯は流通していません」と若い店長は言うではないか。

「じゃあ、私がニセ物を持ってきたって言うワケ!?」

「そういうわけでは……」ごにゃごにゃ……。

「あのね、私はパリの本店で買ったのよ！」

「そうですかァ……」

「本店の顧客リストにもちゃんと載ってるんだから（当時は……）」

「……」

そして私は気づいた。

「あなた、私のこと知らないわよね！」

はい、とはっきり言われた。

あー、腹が立つ。タクシー代をかけてわざわざ行って、ニセ物呼ばわりされて。あまりにも気分が悪くなったので、紙袋に入れたままほうっておいたら、姪がやってきた。

「オバちゃん、私がどこかに持っていって売ってきてあげるよ」

ついでに、使っていないクロコのバーキンも持っていってくれた。

「新宿なんか持っていってもダメだよ。こういうものはやっぱり銀座だよ」

しっかり者の彼女は、前もって銀座の高級買取り店をチェックしてくれていたという。

「私は関西人だから、こういう時、血が騒ぐよー」と紙袋を持って出ていった。

その時、私は彼女を見た。ふつうの格好をした二十代の女の子。どう見てもおミズにも令嬢にも見えない。この女の子が、ケリードールやバーキンを持っているのはおかしいでしょ。

「もし聞かれたら、伯母から頼まれました、って言うんだよ」

「わかった」

「いざとなったら、私の名前出してもいいけど、たぶん知らないと思うよ」

「オッケー」

そして彼女から逐一ラインが。

「オバちゃん、一軒目はこの値段だったけど、次の店に行ってみるね」

「オバちゃん、この値段だよ。だけどもっと上がるはず」

三時間後、電話がかかってきた。

「今、四軒目だけど、すごくいい値段ついたよ。ここにしてもいい？」

「わかった。お願い」

あのケリードールは、歓声を持って迎えられたという。なぜなら復刻版は出ているが、オリジナルにつくられたものは、ほとんどまわってこないというのだ。今、ケリードールは中国で大人気。みんな目の色変えて探しているという。姪が行った四軒目の買取り店はたまたま中国系で、ものすごい値段をつけてくれたのである。伯母の名も聞かれなかったと。

「お店の人が言ってたよ。こういう貴重品は、わからないお店に持っていっても仕方ないって」

そうかぁ……新宿のあんなとこに行った私がいけなかったのね。

ここで言うとヒンシュクを買うから言えないが、二つのバッグを売った値段は相当のものであった。

「バーキンは女の貨幣である」という名言を、私は二十年以上前に残している。バーキンは使っても値が下がらない。それどころか大事に使えば、買った時よりも上がることもある。

もちろん私たちは投機目的で買うわけではないが、使わないものがあったら引き取ってもらってもいいわけだ。

それにしても、でかした、姪っ子。またまた電話が。

「オバちゃん、こんな大金持って怖いから、タクシーで帰ってもいい？」

「もちろんだよー」

そして私は封筒の中から、彼女に少しお小遣いをあげようとした。そうしたら、

「オバちゃん、やめて。そんなことをしたら私が今日一日、頑張った意味がないよー」

お金は欲しくない、

「その代わり、いらない本を頂戴」

だって。わが姪ながらなんていいコでしょう。私は本と、バーゲンで買ったまま履いていない、PRADAの靴を持たせた。

ところで思わぬボーナスが入った形になったわけであるが、半分は呉服屋さんの支払いに消えた。そしてみんなと宴会をした。

さらに残りのお金で、私はまた新しいバーキンを買いたいなぁと思っているのである。また始まる私とバーキンの物語。バーキンは女の甲斐性の証しである。しかし手に入れるのは、昔よりはるかに難しくなっているのだ。

どこから見られても

お気に入りのショップで、スカートを買った。黒のロングタイトで、裾とスカート斜めに真っ赤なラインが入っている。

これに一緒に買ったTシャツを組み合わせ、さっそく友人のホームパーティーに行ったところ、ソファに座っていた人が、

「ものすごく大胆！」

と驚いていた。スリットがとても深く、かなりきわどいところまで見えるらしい。ちょっと失敗したかも。こういうセクシーさというのは、素敵なプロポーションによってつくり出されるもの。そう、スリットから太いもんが見えていたら台なしだ。

菜々緒さんクラスでないと、着こなせないものであった。

そんなこと、試着の時にどうしてわからなかったの、と人は言うかもしれない。が、私は試着が好きじゃないのです。なぜならば、最初にサイズありき。とりあえず入れば、よほど似合わない限り買ってしまう。それにつくづく見たって、それを着ている私がカッコいいわけでもないし……。

知り合いのモデルさんとたまたま居合わせたことがあったが、その試着の仕方がすごかった。前、左右はもちろん、歩きながら後ろを何度も振り返る。その時彼女は言った。

「私、どんなものでもいい加減なことしないの。ジャージ買う時でもピンをうってもらうもの」

すごいですよね。

私も狭い試着室から出て、少し歩きまわったら、この深ーいスリットに気づいたに違いない。

ところでホームパーティーに出かける前に、私はシアターコクーンに行っていた。この頃やたらお芝居を見ている私。聞いた話であるが、なんでもバーチャルなこの時代、リアルな演劇に人気が集まっているとか。そういえば、最近話題のお芝居は席が取れないことが多い。

その日も、人気俳優さんたちがずらり顔を並べた作品で満席であった。三階までぎっしりだ。

イプセン作だったので、内容はかなりむずかしい。外国の長ーい名前がとびかって、人間関係をとらえるのにもひと苦労。つい、うとうととしてしまう時も。

しかしいいお芝居というのは、二幕目でしっかりお客の心をつかむ。私も息を呑んで舞台を見続けた。主演の寺島しのぶさんがあまりにも素晴らしかったからだ。

彼女を初めて見たのは、「近松心中物語」というもので、しのぶさんは準主役のお亀だった。心中にひたすら憧れるミーハーな大店の女の子。可愛らしくて憐れで、もう涙が出てきた。

「すごい女優さんが出てきた」

と思っていたら、あっという間に急上昇。今や大女優の風格がある。

一度対談させていただいたら、ご自身のコンプレックスを率直に語ってくださった。ひとつは歌舞伎のうちに女で生まれたこと。もうひとつは、美人じゃないことだそうだ。

もちろん充分綺麗な方なのであるが、世間はあのお母さん、富司純子さんと較《くら》べてしまう。

演出家の蜷川幸雄さんからは、ブス呼ばわりされ、撮影所の人たちからは、

「お母さんはあんなに美人だったのにねぇ」

なんて言われたそうだ。

「仕方ないですよねー。お母さんは五十年に一人現れるか現れないかの美女ですから」

という私のあいづちも微妙だったかもしれない。とにかく、あんなすごいお母さんを持つと、娘はいろいろと大変なんだ。

前置きが長くなったが、そのイプセンの舞台での、しのぶさんの美しかったことといったらない。体全体のバランスがとれ、素晴らしいフォルムなのだ。演出家もそのことに気づいて、体にぴったりのワンピを着せている。黒いドレスの胸元から真白な肌がのぞく。

背中がちょっと開いていて、その下にきゅっと上がったヒップがあり、そのまた下に長い脚がある。とても官能的な体が、優雅な動きをする。ノースリーブの腕なので、動きがよーくわかる。拳銃を渡すシーンでは、腕は垂直に伸び、それ自体が不穏さを表現している。

そして歩き出すと、さらにうっとりだ。モデルさんの歩き方とはまるで違うけれども、綺麗な歩み。体が上下せず、すすっと進む。

舞台俳優さんから聞いたことがある。

「一瞬たりとも気を抜けないんですよ。特に人の話を聞いている時は注意です。ボーッとして突っ立っていちゃダメ。そういう時も、観客はこちらを見てます。背中にも視線はあたります」

そう、舞台俳優さんの体と動きが美しいのは、すべての角度から見られているから。

ちなみに私は、自分の後ろ姿を見ない。見たくないから見ない。

おとといジムに行ったら、「ボクシングエクササイズ」の貼り紙が。

「あなたも背中美人になりましょう」

だって。ボクシングってそうなんだ？　もちろん始めますよ。

京都にて

最近やたら京都に出かけている私。小説の取材のためだ。

舞妓さんや芸妓さんが出てくる小説である。そのために京都へ行き、お座敷に呼んでもらうこともある。そう、京に関してかなりオヤジ度の高い私だ。

やがて請求書がやってくる。人が思っているほど高くはないが、まあ安くはない。

しかしこういう小説は、取材費をいっぱい遣わなければならないのである。なぜなら、出版社のお金で、たまーに行く人になんか誰も本当のことを喋ってはくれない。ちゃんと自分のお金を遣っているか、京都の人はちゃんと見ているのだ。

そういう意味で、京都は女の甲斐性を育ててくれるところではなかろうか。

ここで遊ぶ女は、完全にふたとおりに分かれる。ひとつは男の人に連れてきてもらう女。シャンパンなんかをさらっと飲んで、そういうものは誰かが支払ってくれるとはなから思っている女。

もうひとつは、自分で芸妓さんを呼んで遊べる女であろう。私なんかまだまだ子ども同然。ひえーっと驚くような女の人が何人かいる。遣うお金も豪快で、私なんかとケタが違う。取材費だからと、言いわけしている私なんか、足元にも寄れない。

何年か前、京都の友人から電話があった。

「ハヤシさんがよく使うあそこの店を予約してほしい。それから一緒にごはん食べて」

そこには数人が集っていた。その中に五十代とおぼしき女性社長と、美しき芸妓さんが。

聞けばその芸妓さんは東京出身なので、こうしてたまに連れてきてあげるという。二日間、花代をつけてだ。花代というのは、芸妓さんの時給といったらいいだろうか。私もよく知らないが、遠出ということになるならかなりの金額になるはず。それに新幹線代がつく。だいいち、置き屋の女将さんに顔がきかないと出来ないことだ。おまけにそこのレストランの費用もすべて払ってくださった。こんな太っ腹の女の人がいるんだとびっくりしてしまった。

さてある日、ふと思った。

いつも私ばっかり遊んでいるのは申しわけない。たまには夫と京都へ行こうかなと。

そんな時、A氏から連絡があった。

「今度、京都にホテルをオープンさせるので、二人でいらしてくれませんか」

A氏というのは、ずっと昔からの私たち夫婦の友だち。出会ったのはバンクーバーで、彼は航空会社の社員であった。食べることが大好きで、よく三人で食事に行ったっけ。彼がニューヨーク勤務になった時は、二人で訪ねていったこともある。

見かけはさえない中年男であるが、アメリカはコーネル大学のホテル経営学部を出ている。ここはホテルマンの超エリートコース。世界の名だたるホテルのマネージャーになれるのだ。

その彼が新しく手がけるホテルなら、さぞかし素敵に違いない。

「ホテルのプレオープンに来てくれって。ねえ、行こうよ、行こうよ」

と夫を誘うと、彼も重い腰を上げた。私と違って、外に出かけるのがとにかく嫌いな男なのだ。しかしA氏の励ましも兼ねて、二人で京都へ出かけることにした。

大阪に用事があった私は、三時半に京都駅で夫と待ち合わせた。そしてうきうきと

タクシーに乗り、A氏から教えてもらった住所を告げた。すると、

「京都のタクシーは、住所なんか言ってもわからん」

と怒鳴られた。道の名前を言えというのだ。ただでさえ感じの悪いタクシーが多い京都。

「すぐに電話して、わかる人に代わってくれ」

と命じられた。そしてA氏に代わってもらってもらちがあかず、夫がケンカ腰になり、結局車を降りる一幕も。

次のタクシーはスムーズに行ってくれた。しかしのっけから気分が悪い。せっかくの京都旅行なのに。

やがて車は工場地帯へ向かう。国道があり殺風景なところ。しばらくして、どうということのない四階建ての建物が見えてきた。

「まさか、あれじゃないですよね」

「いやお客さん、着きました」

それがホテルだった。素敵なプチホテルを想像していた私はびっくり。フロントは、何もなくてガラーンとしている。

普段だと自分で入力してお金を入れ、カードをもらう仕組みだ。早い話が、ビジネ

スにケがはえたようなホテルである。

私たちの部屋は、広いタイプであったが、ベッドが二つと椅子セットできちきち。

がっかりしている私と反対に、どんどん機嫌がよくなる夫。

「僕が出張で泊まるところよりずっといいよ。文句言ったらバチあたるよ」

私がブーっとふくれているところにA氏がやってきた。そしてなんと夕食は九時からだと言うではないか。京都の人気店は二回転なんだって。そんなのあり!?

（この回続く）

ライザップするより…

京都の続きの話はひとまず置いて。

このあいだ「ぴったんこカン★カン」に、樹木希林さんが出ていた。

そしてこんなことをおっしゃる。

「映画祭の時なんか、女優さんはみんなすごいピンヒール履いてるのよ。そしてね、ステージの下でマネージャーや付き人が、スリッパ持って待っている。女優さんはステージから降りると、そのスリッパ履いてペタペタ歩くの。私、それって違うと思うのよ」

言っていることはよくわかるし、秘密が解き明かされたようなスッキリした気分。

私はかねがね、女優さんたちの細ーい細ーいピンヒールを見るたび、どうしてあんなアクロバットみたいなことが出来るのかと思っていた。が、わかった。みんないったん裏にまわるとスリッパに履きかえるんだ。

しかしそんなことをするぐらいなら、ふつうのヒールで、ちゃんと最後までそれで通した方が、ずっと美しいしカッコいいんじゃないのと、希林さんは言いたいわけだ。

さて、ある賞に選ばれた私。それはそれで嬉しいことであるが、授賞式でレッドカーペットをしばらく歩くんだと。

私はそういうことをずっと避けてきた。時々、招いた人たちを、マスコミが囲むカーペットの上を歩かせる試写会やコンサートがある。そういう時は、誰かに頼んで、

「別の入り口から行かせてください」

と言う。私なんか撮るカメラマンなんていないが、それでも、

「仕方ないから押さえとくか……」

という感じでパシャ、パシャ、とやる。私はあの力なーいシャッター音がとてもイヤなの。したがって前を通りたくない。

しかし今回は受賞者だから、ちゃんと通ってくれだと。

「わかりましたよ。歩き方気をつけます……」

「それから当日のお衣裳はどうなさいますか」

「着物でいいんじゃないですか。着物で」

「出来たら、イブニングドレスを着ていただきたいのですが……」

私と関係者の人たちは、しばらく見つめ合った。やがて私は力なく言う。

「わかりました……。秋までにライザップ行けばいいんでしょう」

「いや、そこまでは！」

「だって痩せないと、イブニングドレス着られないんですよ」

実はシャネルのドレスを二枚持っている。あの頃はよかったなぁ。今よりもずっと痩せていたので、とび込みの店でドレスを難なく買えたのである。

あれは十八年前、イタリアのスカラ座を取材することになった私。ミラノのシャネルショップへ行き、グレーのラメの美しいドレスを買った。当時はシャネルといえども、法外な値段ではなかったと記憶している。

二枚目は十五年前、チャリティコンサートで、オペラのアリアを歌うことになった私は、表参道のシャネルショップへ行った。紺色のオーガンジーのイブニングドレスを買ったのである。サイズはどうということなくあった日々……。

「ハヤシさん、そのドレスはどうなったんですか」

「クローゼットの奥深くしまってあります。このあいだファスナーを上げようとしましたが、途中で肉にくい込みましたよ」

シャネルのお洋服というのは、イブニングであろうとスーツであろうと色あせることはない。今着ても相当素敵だと思うのだが、全く残念である。

「だからライザップしますよ。秋までにはなんとかします」

しかしなぁ……このあいだ入ったジムもほとんど行っていない。この頃よくわかったのであるが、私は運動が嫌いなの。ウォーキングマシーンで黙々と歩いても、何も楽しいことなんかありはしない。

「だったらハヤシさん、太鼓をやりませんか」

真ん中に座っているPR会社の女性が突然言った。モデル体型の美人だ。

「えー、太鼓ですか!?」

ハッピを着て、バチで叩くあの姿しか思い浮かばない。

「ハヤシさん、私、十五年間、太鼓打ちのプロだったんですよ」

「えー！」

それまでいかにも外資のPR担当、といった様子の彼女から、驚くべき人生が語られた。

「大学を出てあるファッションデザイナーのところに勤めました。その時、海外コレクションの際、お前、太鼓叩け、と言われて習い始めました。そうしたらハマってしまい、プロになってヨーロッパをまわるようになりました」

「へぇー」

「ハヤシさん、太鼓ぐらい素晴らしいトレーニングはありません。腕が心臓のずっと上までくる運動というのは、太鼓ぐらいでしょう。二の腕なんか、あっという間にぜい肉とれます。それから腹筋も鍛えられて、お腹ぺったんこ。何よりもいいのは、ハヤシさん、太鼓というのは、叩けば音が出ます」

「いい、いい！」興奮してきた。

「ストレスも解消され、こんな楽しいものはありませんよ。ハヤシさん、私と一緒にやりましょうよ！」

ということで、私はイブニングでレッドカーペットを歩けるか。

続・京都にて

昔からの友人、ホテルマンのA氏から、

「僕が総支配人をつとめる、ホテルのセミオープンに来て」

と誘われた私と夫。

久しぶりに京都に夫婦旅行へと出かけた。しかしたどりついたところは、ビジネスホテルにケの生えたようなところ……というのは前々回にお話ししたと思う。

「えー、ちょっとォ。私は閉所恐怖症なのに」

と思わず不安が漏れる。いや、かなりムッとした。

言っちゃナンであるが、京都での私の定宿はハイアットリージェンシー。三十三

間堂の隣のシックなホテルである。部屋はどれも広い。ツインでもふつうのセミスイートぐらいある。そこでテレビを見たり、本を読んだりするのが私の楽しみであった。ゆったりと優雅な時を過ごしていた私のホテルライフ。

それなのにこの部屋って、ベッドが二つ並んでいて、小さいテーブルセットがあるだけ。これでもフロアの中ではいちばん大きい部屋だ。

「ふつうのツインって、どれだけ狭いんだろ」

文句をたらたら言っていたら、夫がたしなめる。

「何を贅沢言ってんだよ。僕が出張で泊まる部屋なんて、こんなもんじゃない。ここなんかすごくいい。清潔だしバスルームも大きいじゃないか」

いつもだと夫が怒る、キレる。私がとりなす、というパターンであるが、今回は反対だ。

そして私はわかった。

「こちらの方が早く怒ればいいんだ。そうすれば、相手は冷静にやさしくなるんだ」

まぁ、もう手遅れなんですけどね。

そのうえA氏はこう言うではないか。

「お店の予約は九時からなんです」

「えー！」

とのけぞる。そんな遅い時間なんて、ひどいじゃないの。

「私も知ってるお店がいくつかあるから、そっちの方へ行ってみていいかしら」

「いいえ、それは出来ません」ときっぱり。

「ものすごい人気のお店を、無理して取ってもらったんです。今さらキャンセルは出来ませんよ」

東京もそうであるが、京都の人気店は最近二回転になっている。六時が一回目のスタート、九時が二回目のスタートということになるらしい。しかしそれにしても、私たちどこで九時まで過ごせばいいの。

ふつうだったら、ホテルでぼーっとしているんだけど、ここだと夫と二人。息が詰まりそう。

「とにかく出ましょうよ」

タクシーで円山公園に出かけた。ここの裏手に、とても素敵なカフェといおうか、甘味どころがあるのだ。白木のカウンターに、イケメンの男性がお茶を点《た》ててくれる。

その後はバーに行くことにした。祇園を歩いて、いつものお茶屋バーに行こうとしたら、まだ暖簾《のれん》が出ていない。ケイタイに電話したら、

「かんにんどすえ。京都のバーは八時開店なんどす」

だと。じゃあ私たち、どこに行けばいいんだろ。

いい年をした夫婦が、若い人みたいにスタバやカフェで時間はつぶせない。

「あ、思い出した」

前から行きたかった老舗のバーが、この近くにあったはずだ。お茶屋バーではなく、バーテンダーさんがいる本格的なバーは、きっと口開けが早いはずである。

行ってみると案の定、もうオープンしていた。お客は夫と私の二人。カウンターに座って、カクテルやウイスキーを飲む。ちょっと軽くひっかけて、と思っていたのであるが、お酒が大好きな私たち。かなり飲んでしまった。そしてやっと八時四十分に。それからだらだら歩いて、人気の割烹《かっぽう》料理店へ。

このお店は、いま京都でいちばん予約が取れないという。私たちと同じように、九時からの開店を待つ人たちが入り口に立っていた。

確かにお料理はどれもおいしかった。白ワインを頼んで、夫とまたぐびぐび。なんだかすっかり幸せな気分になってきたではないか。やがてA氏と合流して、三人でお茶屋バーへ。

「ありがとう。あなたの言うことを聞いといてよかったわ」

素直に礼をのべる。

「九時まで待った甲斐があったよ。本当によかった。グチグチ文句言ってごめんね」

そうするとA氏は本当に羨ましそう。独身で、超がつくぐらい食道楽なのだ。

「ハヤシさん、明日の朝ごはんも楽しみにしていてください。僕が全力を注ぎました」

京都らしさを追求して、鯖鮨や煮もの、だし巻き卵、それから厚ーい卵のサンドウィッチやお粥《かゆ》もあるという。

次の日、旅行会社の若い人たちとビュッフェで食べたが、本当にバラエティにとんだ朝食であった。おいしい。

「ハヤシさん、僕は女性の二人連れをターゲットにしたいんですがどうでしょうか」

「そうだね。Ｈａｎａｋｏの編集者に話しとくよ」

と固い約束をして帰ってきた私。文句言った分、少しはセールスプロモーションしてあげましょう。

誰が買うの!?

私はデブであるゆえに指が太い。

これがどれほどの不利益を生んでいるか……。

若い頃に男の人からリングをプレゼントしてもらったことがない。そお、サイズを知られたくなかったからである。

が、二十代最後の私の誕生日に、ボーイフレンドが、リングを贈ってくれることとなった。ファッションリングから、エンゲージリングへと、絶対に進歩させたい山場である。そお、女が全精力を傾けて頑張る時だ。

それなのに、おそらく彼よりもぶっといサイズを知られるなんて……。絶対に避け

たい事態である。私は三つぐらい下のサイズを口にした。そしてその夜、こっそりとお店を訪ねたのである。

今はもう男の人に何ももらえないし、何も期待しない。欲しいものは、全部自分の力で買ってきた。しかし立ち塞がるリングのサイズ問題。洋服も靴も、私のサイズはちゃんとお店で売っている。なんとかなる。が、リングはそうもいかない。よってオーダーすることとなる。これが本当にめんどうくさくて屈辱的なの。

このあいだ中井美穂ちゃんとソウルへ行った時、彼女はリングを買った。流行りのカラーストーン。私もためしにはめたが、途中までしかいかない。

するとと美穂ちゃんは、

「日本ならサイズ大きくしてくれます。すぐに直してくれますよ」

と教えてくれた。

それですぐ東京の某デパートにあるそのショップへ出かけた。すると店員さんはこう言うではないか。

「最初からつくり直さなければいけないので、お時間いただきます」

そこまではしたくないから断った。あぁ……ほっそりとした指の人が羨ましい。

私はついまわりの女性の手元を見てしまう。するとわかった。

オバさんはオバさんっぽいキンキラの指輪をする。おしゃれな人は、流行のデザインリングをする。というごくあたり前のことである。

おしゃれ偏差値の高い、マガジンハウスの編集者のは、「おっ」と驚くようなデザインに凝ったリングだ。とても可愛い。指輪とリングは違う。この差わかりますよね。

が、ここのところ以前買ったカルティエやポメラートのリングがまるっきり入らなくなった。また指に肉がついたみたい……。前から持っているものだけでは、いつも同じものになってしまうしねぇ……。

そんな時、仲よしの女性誌編集長がやってきた。そして最近彼が出席したパーティーの話になった。ハイジュエリーの受注パーティーだ。なんでも二日間で六十億円の売り上げがあったという。

「僕の目の前で、七億のジュエリーをお買上げになった人がいました」

ひぇーっと叫ぶ私。

「中国人が買うみたいに思われてますが、日本人がほとんどですよ。みんな課税されない資産として買っているみたいです」

世の中にはお金持ちがいるんだなぁとつくづく感心した。一週間後、ひょんなことからハイジュエリーのショップへ。

そこで、まるで私のためにあるようなリングを見つけた。二回ぐるりとスネークになっているのだ。だから私のぶっとい指にもオッケー。フリーサイズの安っぽさはまるでなくて、小さいダイヤと黒い石を使い、アールデコ風のデザイン。

まぁ安くはない。安くはないけれど、七億の話を聞いたあとではおもちゃみたいな値段だ。エイヤッとカードで買ってしまった。ついでにということで、あれこれ見せてもらったら、数千万円のものがいっぱい。うーん、こういうのを買う人いるんだと感心してしまった。

まぁ、ここまでは宝石の話なので高いのはわかる。

昨日のことである。知り合いから誘いがあった。

「オートクチュールの小さなイベントをやるので一緒に行かない？」

ということで某ショップへ行ってきた。ショップのどこでやるんだろうかとあたりを見まわしたら、いったん外に出てビルの上に行くんだと。

時々ここでお買物をしていたけれども、こんな空間があるとは知らなかった。シャンデリアの輝く下、カナッペとシャンパンがふるまわれ、イケメンのイタリア人が、ドレスを一点一点説明してくれる。まるで芸術品のようなドレス。手作業のラメと刺《し》繍《しゅう》の素晴らしいことといったら。

「このドレス、三千万円ですって……」

友だちがささやいた。

「まさか……買う人いませんよね」

PRの人にこっそり聞いたら、

「昨日いらした方々は、がんがんお買上げされました。ちなみに日本人です」

その後、下のふつうの売り場で靴を買った。ものすごーく安く思えたからである。

世の中、お金持ちがこんなにいるとは。

マジック起きて！

私は写真を撮られる時、半分冗談、半分本気で言うことがある。

「私は顔を修整していないんで、写真、ばっちり修整お願いしますよ」

みんな笑う。

編集者が言うには、今のところは、そんなにすごい修整はしていないそうだ。

私は二十年以上、ある週刊誌の対談のホスト役をしている。新聞社系だからいつも写真がひどかった。喋っている最中の隙だらけの顔を撮る。それが新聞風。

「ドキュメンタリーはいいから。リアリティもいらない。ただ綺麗に撮ってくださーい」

それがねー、
怖いおばちゃんに
撮れてるんですよ〜

私はひたすらお願いした。その結果、反射板をあて、澄ました表情の写真を撮ってくれるようになった。

三年前のこと、何人かいる若いカメラマンの一人が、まるで奇跡のような写真を撮ってくれた。

「この人、どなたですか？」

と叫びたくなるほど、ほっそりと綺麗に撮れている。私はそのカメラマンに頼んだ。

「講演会のポスターや、取材の時に貸し出す公式プロフィールに、この写真を使いたいんだけど」

もちろんいいですよ、との返事。社員カメラマンなのでお金はいらない、と言ったがそういうわけにもいかず、規定の料金をお支払いした。買い取った形になる。

見れば見るほど、綺麗な写真。ネットでも、

「いったい何年前の写真使ってるんじゃ」と書かれたぐらい。

が、カメラマンによると全く修整はしていないと。ライティングと撮る角度によって、これだけのレベルにしてくれるのである。

ところで美人写真にかけて、マガジンハウスはお手のもの、といおうか。

「女の人はキレイに撮らなくてはいけない」という使命に燃えている。

一流のヘアメイクつけてくれて、うまい社員カメラマンが腕をふるう。昔はよく○○マジックという言葉があった。○○というところには、その都度私の担当となったカメラマンの名が入る。

いちばん蜜月が長かったのは、天日マジックこと、女性の天日さんであろう。彼女と一緒にドバイへ行き、ムックもつくった。私はよく、

「天日ちゃんは、ハヤシマリコ撮らせたら日本一だよねー」

と褒めたが、そんなのは別に何の栄誉にもならないか。

ところで最近、久しぶりに撮影が続いたのであるが、全くマジックが起こらない。今までだったらスタジオで撮ってもらい、パソコンで確認すると、

「まあ、なんて素敵……。私じゃないみたい！」と大満足だったのであるが、

「えー、こんな感じですか」とうなだれる。

思うに太って顔が大きくなり、それが加齢によって弛《たる》んだものと思われる。かつては、

「国民的美人作家 byアンアン」

と呼ばれた私が、こんな感じなのね……。

おまけにその時着ている洋服も悪かった。白のプリーツスカートを黒のブラウスに

合わせたところ、見事に台形をつくり出しているではないか。対談相手は超小顔の女優さん。遠近法がまるで狂った。

ところで某アワードにより、「今年最も輝いた女性」の一人に選ばれた私。肖像写真を巨匠に撮ってもらうことになった。もう八十歳を過ぎた写真界のレジェンド。私は今から三十四年前に撮っていただいたことがある。かなり緊張したが、わりと早めにパチリ。

「どんな風になったのかしら」

とわくわくしていたら、今日写真のゲラが送られてきた。そこにいたのは、顔のでっかいオバさん。ひと癖もふた癖もありそうなオバさんである。

「いつものハヤシさんじゃないみたい」

と秘書のハタケヤマも言ったぐらいだ。

あとで詳しい人に聞いたら、

「あの先生の写真はライトもそんなに使わない。もちろん修整なし。ポートレイトとしてありのままのその人の内面を撮る」

つまり芸術写真というわけだ。芸術写真といえば、こんな風になるのね。私の内面って、こんな風な意地悪げなオバさんなんだ……。

悲しくなった。

写真といえば、街中で時々、本当に時々であるが写真をねだられることがある。このあいだは新幹線のトイレの前で頼まれた。

「一緒に写真撮ってください」

私は断った。トイレの前だからではない。

「テレビで見たことありますー」

という類の人だったから。こんな人は絶対に撮った写真を粗末に扱う。ＳＮＳなんかにも勝手にあげるに決まってる。

たとえ嘘でも、

「ご本大好きです。アンアンいつも読んでます」

と言う人ならＯＫですよ。もちろん写真チェックなんかしません。綺麗に撮って大切に扱ってね。望むのはそれだけ。

〝二の腕〟シーズン

お出かけしようと、買ったばかりのすとんとしたシルクのブラウスに、タイトスカートを組み合わせてみた。なかなかいい感じ。この二の腕さえなければね……。ノースリーブのものというのは、ノースリーブで着るようになっているのだ。と、このあたり前のことがつくづくわかる季節がやってきた。

そお、二の腕を隠そうとカーディガンを羽織ると、てきめんにシルエットがくずれる。ダサくなる。あるデザイナーがどこかで、

「ノースリーブのドレスに、ストールを羽織るのはみっともない」

と書いていた。そう、よく結婚披露宴で見かけるあのスタイルだ。おばさんたちが

やるのはわかるとして、若いコたちでさえ、ストールをひっかけている。やめた方がいいのに。

さて、私の二の腕であるが、もはや取り返しのつかない事態になっている。

自分でもつくづく肉がついたなぁと感心するぐらい。何かするとプルプルと震える。

〝振り袖〟なんてもんじゃない。

「〝扇の舞〟よね」

と自虐ネタが出て、皆が笑う。

それで太鼓をしようと思いたったことは、ついこのあいだお話ししたとおり。

しかし忙しさのあまり、まるで時間がとれない。

「そう言うと思って、ハヤシさんのために、これを持ってきました」

あのPR会社の彼女がくれたのが、自分が出演している「太鼓エクササイズ」のDVDと、二本のバチである。ピンク色をしているが、見た目より重い。

「これで太鼓を叩いているつもりで、大きく手を振り上げてください」

ということで、テレビを見ながら、毎晩〝よおし〟とバチを振り下ろす。

「さあ〜、祭りだ、祭りだ〜豊年祭り〜〜」

北島三郎さんの歌が口をついて出て、だんだんその気になってくる。踊り出す。

「そぉーれ、ジャンジャカジャン」

なんだか楽しい。これで本格的な夏までに二の腕を何とかしたいと思っていたら、衝撃的なニュースが飛び込んできた。まだ若いタレントさんが、美容整形で二の腕を細くしたんだそうだ。

えー、そんなのアリ!? そんなことが出来るのか。驚きだ。私もやってもらいたいが、私の場合、表の皮が余ってしまわないのか……。いろいろ調べてみよう。

そんなわけで、今私は二の腕を出している人が本当に羨ましくて仕方ない。ある映画の記者会見を見ていたら、私とそんなに年齢の違わない女優さんが、イブニングドレスを着ていた。二の腕に目をやると、ぜい肉がないどころか、しっかりと筋肉がついているではないか。これだけの筋肉がつくまでにどのくらいの努力をしたか。頭が下がる。しかし色気はないかも……。

女優さんとは比較出来ないので、庶民レベルの私のまわりを見渡す。結構〝二の腕〟を出している人は多い。私はこの頃、

「ねぇ、ねぇ、どうしてこんな腕なの？　たっぷんしてないの」

と触らせてもらうのである。

綺麗な腕はぜい肉がないだけではない。皮膚がピンとしていて、ツヤがあることも

大切だ。時々痩せたおばさんが、シワシワの腕を見せているが、ああいうのは論外であろう。

　肘が黒ずんでないのも大切なことだ。

　私はもの書きという職業柄、つい肘をついてしまう。そのことをエステの人に指摘された。

「絶対に肘をつかないように。テーブルはもちろん、椅子のアームにも接触させないように」

　君島十和子さんの本を読んでいたら、パソコンをなさる時は、肘の下にハンドタオルを敷くそうである。

　私は美容液を塗り、肘を可能な限り空に浮かせるようにした。それによってかなり改善がみられたのである。

　ところで、意外と見落としがあるのは、腕のつけ根のわきの下、このあたりのお肉がぐちゃぐちゃの人は案外多い。

　二の腕は頑張って細くしても、喰い込むノースリーブを着た時に、ここに黒ずんだドレープが寄ってしまうのである。ここはやっぱりダンベルと太鼓どんどんであろうか。

私が大好きなアイテムは、ノースリーブのワンピ。これを着られなくなって何年になるであろうか。

今日、クローゼットの中にクリーニングの袋がかかったままの、シルクジャージーのワンピを見つけた。そう、おととしのこと。かなり熱心にジムに通っていたのだ。うちのハタケヤマは言ったものだ。

「ハヤシさん、それで充分ですよ。その腕でなんの問題もありません」

「そお？」

思いきってカーディガンを脱いだ。確かに二の腕は出し始めると、どんどん細くなっていく。しかし隠すと、すぐに肉がついてくる。負のスパイラルに陥るのだ。

さぁ、今夜も頑張ってバチを上げよう。

「祭りだ、祭りだ〜〜豊年まーつーり」

自分のお金で

つい先日のこと、今をときめくＩＴの方々とお食事をした。

小説の取材のためだったので、お支払いはこちらにさせてくれと、あらかじめお願いしておいた。

「いいえ、女性に払わせるわけにはいきませんよ」

「女性といっても、ずっと年上のオバさんですから。お店もどうぞ、そちらで決めてください」

と言っておきながら、一抹の不安が頭をかすめた。

だって年収がとんでもない方々なのだ。その方々がお気に入りの隠れ家的な店といったら……ちょっとォ……。

そして指定されたお店は、想像していたとおりふつうの住宅地の中にあった。看板も出していない小さなビルの一階。

男性三人が来てくれたのであるが、一人は私の友人でオーナー企業の御曹司、あとの二人は起業家である。三十代半ば。みなさんとても感じよくて、話は大層楽しかった。

「このあいだ株を売ったら、百億とちょっと入った」

なんて話にはびっくりしたけれど。

が、肝心のお料理は……。オードブルみたいなものばかりで量が少ないのだ。私などお腹が空いて、うちに帰ってトウモロコシの茹でたのを食べたぐらいである。料理に合わせてシャンパンを一本、ワインを二本抜いたのであるが、どれも高級なものではない。

ほっとしたのもつかの間、カードを切ろうとしてびっくり。ひぇ〜！っと叫びたいようなお値段だったのである。

ＩＴの方々にとっては、どうということもない金額だっただろうが、やはりかなりのお値段。しかもお腹がいっぱいにならない。

しかし彼らの生活の一端をのぞくのが目的。いい勉強になった。隠れ家的お店の個室で、料理はちょっぴり。ワインは何本か抜く、というのがパターンらしい。そもそもいつもなら、私の代わりに若い美女が何人もいるはず。スマホを使ってすぐに呼び出すそうだ。ウーバーみたいに。

「こちら六本木。三人ほどすぐ来られる方」

と入れておけば、近くにいる女の子がやってくるシステム。一緒に食べて飲んで、二万ぐらいのお小遣いをもらって喜んで帰っていくという。

まぁ、いろんな生き方があっていいわけで、昔からお金持ちに女の子がなびくのは世のならい。が、私のモットーは、

「自分の金で自分の食べたいものを食べる」

特にお鮨はその象徴的なものだ。

銀座のお鮨屋さんに行くと、よく若い女性が男の人と来ている。ホステスさんらしき人も、そうでない人も。愛人か、その一歩手前という感じのＯＬさんも。

もちろんお支払いは男の人がする。

今日、お昼を食べそこねた私は、どこにしようかなと、駅ビルの中を歩いていた。お昼どきをちょっと過ぎていたこともあるけれど、箱根そばも、松屋も、とんかつ屋

も、ＣｏＣｏ壱番屋も、どこも女の人が一人で食べていた。ごく自然でいい感じ。

あんな風に、女性もお鮨屋さんのカウンターに一人で座るようになってほしいと私はせつに願うのである。

二十代半ば、フリーランスで働くようになってから、私は家の近くにいきつけのお鮨屋さんが出来た。今思うと笑ってしまうのであるが、その頃私のアパートにはお風呂がなかった。貧乏なくせに銭湯の帰りに行くわけである。ビールを飲んで軽くつまんで帰る。もちろん毎週行けるわけではない。月に一度か二度ぐらい。しかし楽しかったなぁ。自分が大人になれたような気がした。

この〃お鮨愛〃はずっと続き、三十代独身の頃はいくつものいきつけの店があった。あの頃は、糖質制限ダイエットなんて誰も言ってなかったのでパカパカ食べた。お金が入るようになり、それこそ好きなように食べまくったのである。

そんな一軒が、某所にあるＡ鮨だ。知る人ぞ知る名店である。大喰いの私は、たいていお鮨屋のご主人に気に入られたものだ。

私はお鮨の中でもコハダが大好物で、特にコハダのベビーちゃん、シンコに目がない。

その時期、私がカウンターに座ると、黙っていてもずーっとシンコが出てくる。私には選択の自由はまるでない。

握る、瞬時に食べる。また握る、一瞬のうちに食べる。あっという間に二十個ぐらい食べた。

これぞ伝説の「マリコ、ワンコ鮨」。

昨日、知り合い二人を接待してそのA鮨へ。二人がちょっと話している間に、あのワンコ鮨が始まった。八十二歳のご主人が、シンコには早いので、コハダをすごい勢いで握り始めたのだ。昔と同じスピードで食べる私。二人は目をパチクリさせてた。

しかしこんなの少しも羨ましがられない。男の人にご馳走してもらって、ちょっぴり食べる方がいいという人の方が多いだろう。そういう世の中だもんね、わかるわ。

懐かしの店が…

スーパー好きですか?

私は大好き。仕事に詰まった時、駅前のスーパーに行くのが息抜きになる。野菜や肉をカゴに入れ、レジに向かうのであるが、誘惑ゾーンにも立ち寄る。ここはデリカが充実していて、かつサンドや巻き寿司がいっぱい並んでいるのだ。私の大好物のいなり寿司は、定番のキツネ色のものの他に、黒糖や薄茶色が揃っていてとてもおいしそう。

揚げ物もワンコーナーある。が、私はそうしたものを振り切ってレジに進む。

「今日も誘惑にうち勝った」

という誇りを胸に並ぶのである。だったら寄らなくてもいいわけであるが、なんとはなしに顔ぶれを見たい。

ちょっと前まで、このスーパーのすぐ近くに、いきつけの本屋さんと喫茶店が並んでいた。自然に出来たブックカフェ。スーパーの帰りにそこに行くのは至福の時であった。が、もう本屋さんはなくなってしまった。今年（二〇一八年）の二月に閉店したのだ。

まぁ、それはともかくとして、スーパーのレジを済ませ、今日のポイント数を点検し店を出る。

帰り道は行きとルートを変える。ペットショップの前を通り、猫を眺めたり「トトロ」に出てきそうな古い洋館の前を通る。

いきつけも楽しいが、よそゆきのスーパーに行く時は、わくわく感が半端ない。

ずっと以前、女性のタレントさんがインタビューの中で、

「広尾の明治屋で買物をして、車で帰る時、ああ、私って大人になったなぁって思う」

と語っていたが、この感じわかるなぁ。私も若い頃は、ああした高級スーパーに行く時、緊張感でいっぱいだった。今もそれは少し残っている。

青山の紀ノ国屋インターナショナルにエスカレーターで降りていく時って、小さなワンダーランドに入っていくという気持ち、多くの人が賛同してくれるに違いない。ここは東京一の高級スーパー。まずは野菜売場へ。ここの野菜は姿カタチが美しい。かの村上春樹先生が、

「いっせいに号令がかけられたような」

と絶賛した野菜である。珍しいものもいっぱい。アーティチョークというものを私はここで初めて知った。が、値段がものすごく高い。ふつうのスーパーの一・五倍、いや二倍する。

お肉売場もすごい。百グラム四千円のすきやき肉なんて、いったい誰が買うんだろうかと横目で見ながら、お得な切り落とし牛肉を買う私。

ここは輸入の缶詰類やオリーブ、といったものが豊富なうえに、キッチングッズがそりゃあ楽しい。紙ナプキンなんてつい買ってしまう可愛らしさ。レジの近くの和菓子も全国の名店もの。

ところで昔の話になるが、私は東麻布に住んでいた。ロシア大使館傍の坂を下ったところだ。

コンクリートとガラスの外観の、おしゃれなマンションであった。女性のひとり暮

らしを想定して、収納もよく出来ていた。1LDKであったが、寝室には壁一面にクローゼット。新築ということもあり、インテリアの撮影にもよく貸していたっけ。しかし一年もたたないうちに、私はここを汚部屋にしてしまったのである。全くよくあれだけ散らかしたものだと呆れてしまう。当時はつき合っていた人もいたのに本当に不思議だ。

まぁ、彼がやってくる時はイヤイヤながら少しは片づけ、買物に行った。行くところは麻布十番のピーコックか、うちの近くの日進ワールドデリカテッセン。この頃、この懐かしの日進ワールドデリカテッセンによく行く。

新一ノ橋の古いビルの中にある痩身マッサージに通い始めたからだ。ここのロケーションは、日進ワールドデリカテッセンのすぐ前。帰りに寄るようになった。

久しぶりに訪れると、実に不思議なところである。まず建物が古いうえに無駄に広い。駐車場など昼間はガラーンとしている。二階の売場も相当の面積だ。

ここは外国人客が多いところなので、肉売場のすごさといったら……。多くはカタマリで売られている。ラムやマトンといったものの種類がものすごく多い。オージービーフや、アメリカンビーフが大きな顔をしていて、国産牛は片隅で小さくなっている。

冷凍のところには、七面鳥がハミ出している。その他にもわけのわからん鳥や動物が……。

それよりも驚愕したのは、三階のワイン売場である。ワンフロアがワインなのだ。ニューワールドのものがいっぱい。チリやカリフォルニアのものが千円台でずらーっと並んでいる。

パーティー前にワイン通の友人と行き、選んでもらい、いろいろと一ダース買ったことがある。

が、こんなにだだっ広い店で、採算がとれるのだろうかと案じていたら、先週貼り紙が。八月にいったん閉店して近くに移転するんだとか。やっぱりなぁ……とかなり淋しい。

トーキョープチバブル

最近少しずつ景気がよくなってきたのか、東京では素敵なパーティーがよく開かれるようになった。

私はめったにそういうところには行かないけれど、高級ブランド店のオープン、化粧品の新作発表、有名外国人の来日とか、いろんなところで、いろんなものがいっぱい開かれている。

思い出すなぁ、バブルの頃。今考えると信じられないようなゴージャスなパーティーがいっぱいあったっけ。

海外にお招きくださるのも珍しくない。あちらの一流ホテルを貸し切りにして大パーティーをするのだ。女性はみんなイブニングドレスをこぞって着た。ルイ・ヴィトンに、ヴェルサイユ宮殿の夕食会にご招待いただいたこともあったっけ。

そういえば、バブル時代よりも、ちょっとたったけれども、六本木ヒルズのルイ・ヴィトンオープンの時もすごかったなぁ。隣のテレビ朝日の一階が、巨大なディスコとなったのだ。

二階はVIPルームで、ちょっと覗いたら、中田ヒデがシャンパンを飲んでいて感動した。あの頃の彼は、今のWカップ選手五人分ぐらいの大スターだったもの。

ああいう時は、広報やPRの女性の腕の見せどころらしい。どれだけ有名人を呼べるかというのは、彼女たちの評価につながるのである。芸能人も一流のうえに、おしゃれじゃなきゃダメ。そう、そう、十数年前、表参道のルイ・ヴィトンがオープンした時のこと。中に入ろうと並んでいると、ものすごい歓声が聞こえた。浜崎あゆみさんがいらっしゃったのだ。スターのオーラをふりまきながら、詰めかけた報道陣に手をふっていたっけ。

私などなんの役にも立っていないのであるが、「文化人枠」として時々お招きをいただく。そう、このアンアンに連載していることも大きい。本当にありがとうございます。

つい最近も、友人からお誘いのメールが。

「ドンペリのパーティーがあるから、一緒に行かない？　○○さんも、△△さんも誘っておいたよ」

どちらも仲よしである。

「行く、行く」

と返事をしたあとで、私はあることに気づいた。もう既に別のパーティーに行くことになっているのだ。それはパーティーというよりも食事会。デンマークの有名なレストラン「ＩＮＵＡ《イヌア》」が、今度日本に進出することになった。そのセミオープンに招かれているのだ。

「途中で失礼してもいいかしら」

と編集者に聞いたところ、

「その日は、ハヤシさんの都合で決めた日なんだから絶対にダメ」

と叱られてしまった。

どうしてここで編集者が出てくるかというと、このレストランは某大手出版社が出資して、自分のビルの中につくったものだ。

「ぜひハヤシさんに食べてもらいたい」

と会長からじきじきにお声をかけていただいたのである。

このレストランは、自然をテーマにした超有名なところ。実は三年前、お店のシェフが来日した時、私も食べに行ったことがある。たった数日間の出店なので、その席をめぐって争奪戦が大変であった。アリンコも出るというので、すごい話題になっていたからだ。

今回はアリンコは出なかったが、自然食材の十七種類の皿が出た。どれもよく工夫されていて全く飽きない。それぞれにかかるソースも凝りに凝っている。最後はハチノコの炊き込みごはん。ワインとのマリアージュも素敵で、私はこのままここで終わってもいいかなーと思っていた。六時から食べ始めて、もう九時をまわっているのだ。

そうしているうちに、私のラインに、「早く来て」と入るようになった。タクシーに乗り、高速で二十分。着いたところは東京ベイ。東品川の倉庫街だ。懐かしいなぁ。

イケメンの黒服が待っていてくれた。港を見ながら歩いて、海沿いのロフトに着いた。ものすごく広い。広いが暗い。

「えー、どこへ行くの？」

と思ってついていったところ、まぁ、びっくりしたのなんのって。巨大な空間の薄闇の中、まっすぐに伸びる白いテーブルクロスの食卓。ろうそくのあかりの下、正装した人たちが、シャンパンでお食事中ではないか。どうしよう。こんなフォーマルなものだとは思ってもみなかった。

私の目の前は、黒いイブニングドレス姿の萬田久子さん。夢をみてるような美しさである。滝川クリステルさんもいる。俳優さんも何人かきてる。そしてなんとテツオも。

「どうしてあなたがここにいるの？」

と思わず聞いてしまった私。それにしてもすごい。二日間のパーティーのために、倉庫の中をつくり替え、アラン・デュカスさんも連れてきた。それなのに大遅刻ごめんなさい。が、デザートはみんなたいらげました。ロゼのドンペリをがんがん飲んだ。トーキョーは、今、すごいことになっている。

どちらを選ぶ？

ワールドカップのお祭り気分が消えた頃、若い友人がしみじみと言った。

「長谷部と結婚出来るなんて、前世でいったいどんないいことをしたんだろう……」

レディースコミックで、これと全く同じシーンがあったことを思い出した。「長谷部」が、「イケメンエリート」という設定。

そうしたら、こう答えるのだ。

「村の人たちのために、人柱になったんだよ」

彼女は反応しなかった。若いゆえに「人柱」という意味がわからなかったようだ。

私の前世は、金貸し婆さんかなんかで、悪いことをいっぱいしたのではなかろうか。

だから男運もなく、お金も一向に貯まらない……。

こんなことを言っている間に、本格的夏が来た。夏までに絶対ノースリーブオッケーにしようと、毎晩エア太鼓をドンドン叩いていたのに、全くその効果はない。

このあいだテレビを見ていたら、ゆりやんがノースリーブのワンピを着ていてびっくりしてしまった。すごい迫力であった。しかし彼女の場合、まだ若いので肌がパーンと張っている。可愛いと言えないこともなかろう。だけど肌がゆるんできたオバさんの私が、たっぷんたっぷんの二の腕を見せたらどういうことになるか……。

私は夢みる。体中のぜい肉というぜい肉がすべて消え、ちょっぴりだけど美しい筋肉がつかないものであろうか。私だって頑張りたい。新しく入ったジムのプールで泳ぎたい。が、現実は忙しさのあまり、水着を買いにも行けないくらいである。

本当に忙しくて忙しくて、息もたえだえ。スケジュールをこなすのが精いっぱいという感じである。毎晩のように会食があり、おいしいものを食べてお酒を飲む。食べることだけが楽しみの日が続いている。

そのうえ原稿を書いていると、発作的に甘いものが欲しくてたまらなくなってくる。脳が栄養を求めているのだ。あぁ、もっと時間が欲しい。ゆったりとした気分でダイエットをしたいものだ……。

と、毎度の言いわけをしている私であるが、だらだらデブを続けていることがすっかりイヤになった。それは最近行っている、痩身マッサージのチケットが切れかかったからだ。

「ハヤシさん、次の分お買いください」

と言われ、ぞーっとしてしまった。ハンパな額ではないからだ。この私がそう言うぐらいだから本当に高い。

ある有名な女優さんが「紹介して」と言うので、値段を教えたら、

「とんでもない」と断られてしまったほどだ。

私だってもうそろそろ終わりにしたい。だけどそれが出来ない。なぜか。このマッサージは、友人の中国人の大富豪夫人から紹介してもらったのだ。前にもお話ししたと思うが、このマッサージによって、彼女はスリムで健康な体を手に入れたという。

確かにすごく痩せた。

「だからハヤシさん、絶対続けなきゃダメ。私が許しません。これからのチケットは、私が払ってあげます！」

しかしそんなことが許されるわけもなく、

「あ、私が払いますから」

と、泣く泣く二冊目のチケットを買ったわけである。

このお金のストレスが、ものすごく大きい。三冊目のチケットを払わなくてはいけないかと思うと、つい甘いものに手が伸びてしまう。

「高ーいお金遣っても、どうせ私はデブなのよ。だから私にかまわないで。私にはマッサージは必要ないのよ」

という複雑な心理構造ではなかろうか……。

ところで私のところには、全国からファンレターが送られてくる。そう多くはないものの、どれも心がこもったものばかりだが、その中には時々、

「私がハヤシさんを痩せさせたい」というのがある。

「私なら出来ます」

と自信たっぷりである。こういうのって正直うんざり。はっきり言って売り込みではなかろうか。別にエステの一回、二回、タダにしてくれる、っていってもそれがナンだろう。私は、

「タダより高いものはない」

というのが信条だ。タダにしてもらって看板に使われるのは目に見えている。

しかし最近届けられたその手紙は違っていた。便せん四枚にびっちりと細かい文字

で、自分の半生が書いてあった。中学生時代から私の本が大好きだったこと。離婚して子ども二人をかかえるシングルマザーになったこと。そして生きていくために、ヨガインストラクターの資格をとったこと。今では仕事が生き甲斐となり、充実した人生をおくっていること。

「私にこういう人生を教えてくれたハヤシさんの、少しでもお役に立ちたいんです」

私はこの言葉にホロリときてしまった。

そう、たかがダイエット、されどダイエット。ダイエットには女の人生そのものが現れている。

私は三冊目のチケットを買うか。彼女のケイタイに連絡をするのか。私の生き方が問われるようである。詳しくは次号で。

手を出しちゃいけないもの

時々であるが、自分のカラダを使って実験してみたくなることがある。

この発作は、二ヶ月に一度ぐらい訪れる。

先週もそうだった。午前一時頃お風呂に入りシャンプーをした。すごく疲れていて、もうクタクタ……

「このまま寝ちゃおーかなー」

寝室の横の洗面所には、ドライヤーを置いてない。音がうるさいと夫が怒るからだ。ゆえにいつも一階のトイレの横の小さい洗面所でする。が、今日はもうとてもそんな体力がない。

濡れた髪のまんま寝ることがどれほどリスキーなことか。そんなのはよーく知っている。若い時の私のあだ名は「ウランちゃん」であった。いつも寝グセがついていたからだ。最近でこそしょっちゅうサロンに行き、いつも綺麗な髪と定評ある私。

しかし眠いうえに、

「明日、髪がどうなっているか知りたい」

という不思議な思いがふつふつとわいてきたのである。

そしてそのまんま寝た。朝、鏡を見た。すごく悲惨なことになっている。髪の毛が多い私は、はね方もハンパじゃない。これからお芝居を観に行くことになっているのだがどうしよう。

私はふだんほとんど使わないホットカーラーを取り出した。巻いて静かにブラッシングすると、わりといい感じ。

「なーんだ。冒険に失敗してもすぐにカバー出来るじゃないの」

すっかり得意になった。

そして劇場でトイレに入った私は、鏡の前で思わず「キャッ」と叫んだ。雨上がりの湿気の多い日だったので、髪はすっかり元に戻っていたのである……。

これもおとといのこと。ダイエットを一生懸命にやり、体重がちょびっと減ってきた。

「こういう時に、お鮨を食べるとどうなるかな」

誘ってくれたのはA子さんである。彼女は最近みんなから「ライザッパー」と呼ばれている。ライザップで成功した人の尊称だ。半年で八キロ痩せたんだって。

「それから食事に気をつけていれば、元に戻ることはないわよ」

この彼女が勧めてくれるんだから、お鮨を食べに行ってもいいと思う。

というわけで、A子さんいきつけの銀座のお鮨屋で、四人の女はものすごく食べた。どのくらい食べたかというと、他のお客が帰ったあと、ひととおりのコースを握ったご主人が、

「リクエスト、なんでもしてください」

と言ってくれ、さらに追加したぐらいだ。

「アナゴと新子お願いします」

そして次の日、ヘルスメーターにのったら見事に一キロ太っていた。

糖質のカタマリのお鮨は、ダイエッターにとって最大のタブーだって、誰だって知っている。が、人は時として試してみたくなるのだ。

「そんなにいけないもんなんだろうか」

と、もうこれは、生きていく性《さが》ではなかろうか。

というようなことを若い友人と話していたら、

「みんながやめろって言う男の人に近づいていくのも、そういうことだと思うの」

だと。世の中には女グセが悪いとか、お金にルーズといった、つき合ってはいけない男というのがいっぱいいる。私も時々相談を受けるが、たいていは別れられない。しかしそれも人生。悪い男というのは、恋をする喜びもたっぷり女に与えてくれるのだ。

その反対もある。私のまわりには、ちょっと「メンタル壊れ気味」の女性が何人もいるが、こういう人に限って、ものすごくやさしい旦那さんや恋人がいるのである。そして彼女に奉仕することに喜びや生き甲斐を感じているのだ。

たぶんふつうの女性よりも十倍手間がかかる分、十倍愛する幸せがあるのではなかろうか。

そう考えると、ふつうの男や女が、本当に恋愛しづらくなる世の中である。なぜならばふつうであることは、つまらないからだ。次に何が起こるか。ハラハラドキドキするような人間でないと異性にはモテない。

私の知っている男性は、つき合い始めたばかりの女の子と遊園地にデートに出かけ

た。ソフトクリームを買ってあげたら、

「私の注文したストロベリーと違うじゃん」

といきなり顔に押しつけられたそうだ。あっけにとられたけど、その瞬間ずきゅーんとハートにきたようである。こういう時、

「あ、いいです。私、そっちのフレーバーも好きですから」

と言ってソフトクリームを受け取るように、ものの本には書いてあるだろうけど、予測出来ることをする人間に、人はそれほど魅力を感じないものではなかろうか。

私が知っている中で、いちばんモテた女性というのは、ものすごく可愛くて笑顔がステキで、「ものすごく意地が悪い」コであった。まあ、こんな難易度が高い女に、ふつうはチャレンジしない方がいい。それにしても、恋したり生きるというのは本当に大変だ。

トートからパンツ!?

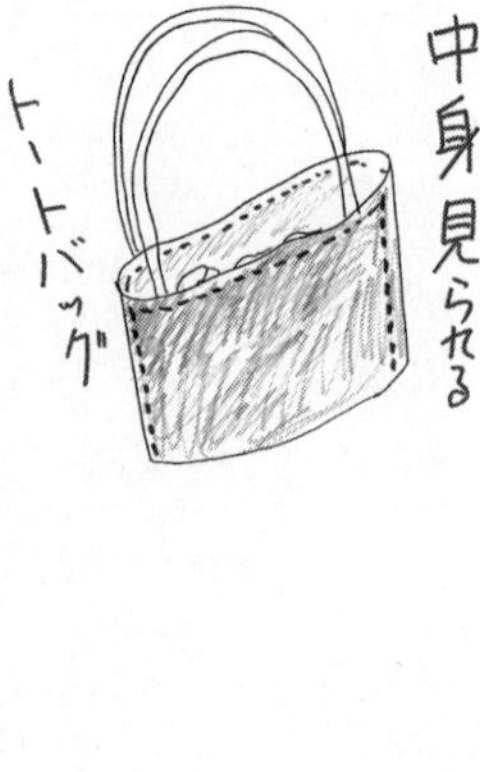

昔、バーキンを得意がって持っていると、

「ちょっと、アンタ、バッグが開いてるわよ」

と注意してくれるオバさんが必ずいた。

あれから月日はたち、私がオバさんになり、バーキンも世の中に浸透すると、

「ちょっと開いてるわよ」

と言う人は誰もいなくなった……。

それにしても、なんていう暑さなんだ。こんな日はどこにも行きたくない。それなのに、自由業の私なのに、行かなければならないところがいっぱいある。

対談とか、講演会とか、会食とか、打ち合わせとか。

　そういう時、持っていくバッグについてよく考える。私は夏になるとカゴバッグを愛用しているのであるが、行くところによってはちょっとカジュアル過ぎる場合もある。よって革となるのであるが、これも色によっては暑苦しい。大きな黒い革のものは、真夏はちょっと避けてしまう。

　ご存じのとおり、私はバッグフェチだ。なりたくてなったわけではない。ふらりと入った高級ブティックで、洋服のサイズがまるでない、ということがしばしば。そういう場合、つい靴に手を伸ばす。しかし靴もどれも入らない、という時、バッグを買うしかないでしょ。

　別に買わなくたっていいわけであるが、ミエっぱりの私はつい手を伸ばしてしまうわけだ。よってバッグの数は増えていく。それで時々大放出をする。

　ついこのあいだ、久しぶりに姪っ子に会ったら、靴とバッグに見憶えがあった。昔、私があげたものだ。驚いたことにスカートも私があげたもの。プラダの白いプリーツで、裾のところに可愛い刺繍が入っている。もう六、七年前のものだ。

　私は感動した。姪の大切にする行動に対してではない。六年前、こんなに痩せていた私に対してだ。

「私は今のあなたのサイズだったのね……」

しみじみ言ったら、

「違うよ。これ、脇のところ安全ピンでつまんでるよ」

だと。そうかやっぱり。

さて今年、私の中で大活躍しているバッグは、なんといっても白のヴァレンティノのトートバッグだ。表参道で人と待ち合わせした時、ふらりと入ったヴァレンティノブティック。その時、私は通販の麻のワンピを着ていたのであるが、バッグはニューヨークで買ったヴァレンティノ。これに勇気をもらって店の中に入ったわけだ。

高級ブティックでは、その店のものを一個身につけているとそこそこ歓迎してくれる（ような気がする）。

「まぁ、うちのバッグを素敵に持っていただいて」

とか言われて、何か買わなくてはと焦り出したのである。といってもヴァレンティノのお洋服は細っこいうえにとてもお高い。なんにも買えるものはない。その時、目にとまったのがこのバッグだったのだ。

シンプルな形だったので、他のものに比べるとリーズナブル。しかししっかりと「ヴァレンティノ」というロゴは入っている。白い革は上等だということがひと目でわかる。

　ということで、七月になってからはこればっかり使っている。トートってさりげなくって大好き。

　しかし困ったことが。だらしない私は、なんでもかんでもこの中に入れてしまう。どんどん中にモノがたまっていくのだ。

　ふとした時に持ったらうちの秘書のハタケヤマが、

「どうしてこんなに重たいんですか⁉」と叫んだぐらいだ。

「お財布じゃないの」

　とふざけて言ったら、さっそく小銭とお札をとり替えてくれた。それでもまだ重たい。二日に一回ぐらい、私はトートの大掃除をする。すると出てくる、出てくる。よそでもらったパンフレットや、チケットの半券。打ち合わせの資料、ストロー、地図、それからもらいものの小さな化粧品や小物も。

　パンツやストッキングもあった。パンツについてはちょっと言いわけさせてほしい。月に二度ぐらい行くボディのエステで、紙パンツにはき替える。それを備えつけのくず箱に捨てるのはとても抵抗がある。

「ハヤシマリコの着用パンツ」

なんてなんの価値もないと思うが、それが他人によって片づけられるというのはやっぱりね……。

というわけで小さくくるっとまるめて持ってくるわけであるが、それを忘れてしまうのだ……。ストッキングは替えのものをパッケージのまま入れておいたのであるが、二足組の一足を使ったらなんか一足が出てきたワケ。

このだらしなさによって、どんだけ恥をかいているか。

このあいだも、

「ちょっとバッグおあずかりしましょう」

と言われ、持ち手をあずけたところ、ざーっと中が丸見えになり、その恥ずかしかったことといったらない。

トートバッグはきちんとした人にしか持てないアイテム。もっとむずかしいのが透明バッグですが、あれはもう諦めている。

化粧のハイ&ロー

このあいだ高知に講演会に出かけた。西郷隆盛と坂本龍馬とのかかわりについて話すためである。

そうしたらテツオからラインが入った。

「僕もその日行くからね。夕方から講演だからハヤシさんの聞いてから行くよ」

なーに、これってどういうこと？　いくら有名編集者といっても、一般人のテツオが、どうして私のあとに講演会をするの？

やがて真相がわかってきた。

私の講演会は図書館で行われるのであるが、テツオのは別の会場での市民講座のひとつであった。

『漫画 君たちはどう生きるか』の大ヒットで、漫画家の方とトークショーをするのだ。

着いて控え室にいたら、テツオが入ってきた。二人でだらだらと話す。

「あなたも出世したもんよね。こんな風に全国に呼ばれるなんて」

と少々嫌味も口にする私である。

そして私の講演会が始まった。テツオも最前列で聞いてくれている。図書館のホールという、そう大きくない会場で行われたので、最後にテツオを紹介した。

「みなさん、こちらにテツオさんが来てます。このあとの市民講座の講演会に出るそうです。そう、あのテツオさん。私のエッセイに出てくるあの方です」

と言ったら、後ろの席の一部で「えーっ!?」という叫び声があがり、立ち上がった女性が何人かいた。

そう、私とテツオとは長い長いつき合い。もうかれこれ三十年になるのではないだろうか。男はフケてもそれなりにカッコいいけれども、女の方にとって加齢は残酷だ。あのキレイな人が、ちょっと見ないうちに、すっかりオバさん化しているというのはよくある話。

この私も確かにオバさんであるが、そうひどいオバさんになってはないつもり。私のたったひとつの自慢は、年を感じさせない肌。朝、メイクをしようと鏡の上のライトをつけると、照明効果もあり肌がピカピカ輝くのがわかる。

「どうしたら、そんな綺麗な肌になれるの」

と会う人ごとに聞かれる。

月に一度のエステと、プラセンタを飲むぐらいであるが、陽に灼けないようにしているのと、ファンデをほとんどつけていないのがいいかも。陽灼け防止用下地に、さっとパウダーをつけるぐらい。厚塗りはフケて見えるし、肌のためにもならないと信じているからだ。

だからたまに撮影をしたり、着物を着たりで、厚くファンデーションを塗ると、肌が重たくて仕方ない。家に帰るやいなや落としてしまう。

いつも薄化粧を心がけていて、メイクも手間をかけない。ある有名なヘアメイクアーティストが、

「毎日化粧に一時間かけるなんて、正気の沙汰とは思えない」

と言っていた。つまり私たちがお化粧をするのは、素敵な生活をするひとつの手段であって、目的ではないということ。かける時間には、おのずと限界があるのではな

いだろうか。

五分というのはあんまりとしても、せいぜいが二十分。いや、勝負かけてる未婚の女性だったら三十分というところかな。たまにはメイクの本を見て研究したりもするけれど、そんなには凝らない。お金もそんなにかけない、と言いたいところであるが、やっぱりかけているかも。

一時期私は、ドラッグコスメをよく買っていた。特にマスカラにすぐれものが多い。行くたびにいろいろ買い漁《あさ》っていたのであるが、パッケージの厳重さに次第にうんざりしてきた。化粧品というのは、買ってすぐわくわくしながらつけたいものである。

しかしドラッグコスメは、力とハサミが必要である。

ある時、海外の帰りの免税ショップで、シャネルのアイライナーを買った。そして化粧ポーチにほうり込み、シャネルということもすっかり忘れてしまったある日、

「この頃、アイメイクがなんでこんなにうまくいくんだろう」

とふと思った。まつ毛の隙にすごーく上手にラインがひけるのだ。容器をよく見たら、小さい字で「シャネル」と書いてあるではないか。

やっぱりアイシャドウも高いものは発色がいい。若いコだったらドラッグストアのキラキラもいいけれど、大人だったらまずよれてしまう。やはり深味が欲しい。

口紅は判定がむずかしいところ。時々口紅を忘れてコンビニのものを買うが、いい感じのベージュピンクがとても重宝している。といっても、シャネルの新色の真っ赤なものをつけるわくわく感というのはハンパない。

このトシになっても、化粧品は迷うところであるが、肌はもう迷わない。うんと手間とお金をかけて基礎をつくり薄化粧。これって女性のキャラクターにも通じるところがある。うんと知性と中身があるけど、あっさりとふつう。こんな人に私はなりたい。

世界が変わる恋

剛力彩芽ちゃんが、前澤社長とのラブラブな日々をインスタグラムにのせて炎上している。

私は「本当にまっすぐな素直なコだなァ」という感想を持つ。恋をしてることが嬉しくてたまらないんだ。彼のことが好きで好きで、

「ねぇ、見て、見て。こんなに素敵な人なのよ」

と言わずにいられないのであろう。

ゴーリキちゃんに一度対談で会ったことがある。可愛くてとても感じのいいコであった。

まわりでも彼女のことを悪く言う人はいない。雑誌の編集者も、

「撮影がどんなに長びいても、ニコニコしながらやってくれる。ウラオモテのないコ」

と誉めそやす。

テレビ局の友人に聞いてもやっぱり同じ。まわりにとても気を遣う、やさしい女の子だそうだ。

外見と中身がぴったり同じらしい。

つい先日のこと、友人のホームパーティーに行った。大きなテーブルに行き、前を見たらゴーリキちゃんと、あの社長が仲よく座っているではないか。

アホな私は、もう一組のカップルと間違えた。そう、前田社長、石原さとみちゃんの二人と。この方もＩＴ社長。そして前澤と前田の名前はとても似かよっている。

「こんにちは。今度エンジン01入会ありがとうございます」

勘違いしている私は、いきなりタメロをきく。

「は？　何のことですか」

「何言ってるんですか。私が幹事長をやってる文化人のボランティア団体です。これにお入りになりたいと、そちらから申し込みいただき、入会が決まったばっかりで

す」

「いったい何のことでしょうか」

マエザワさんはぽかんとしている。

「何言ってんのよ。あなた、ちゃんと入会申し込み書いたじゃないの。私は受け取ったわよ」

知らないオバさんの、突然の上から目線発言にも、嫌な顔ひとつしないマエザワ社長、本当にいい人だ。

「何かお間違えではないでしょうか。僕はマエザワと言います」

「いーえ、間違いないわよッ。おたくはもううちの会員よ。だから今年（二〇一八年）十一月の、釧路のオープンカレッジ必ず来てよね」

「……」

困った顔をしている。私は図々しく、

「ゴーリキちゃんも一緒に来てよね」

ニコニコしているが、彼女も困った顔。本当にこういうオバさん、困りますよね。しかしその場にいた人たちも、たいていはエンジン01の会員なので、

「そうだよ、絶対に来いよ」

「会員になったからには、ちゃんと働いてくれよな」と口々に二人を誘っていた。

さてうちに帰り、「女性セブン」をめくっていたら、

「彼氏あてクイズ」

というのがあった。つき合っている二人を線で結ぶというもの。芸能人も最近はオープンなので、こういうクイズも出来るんだろう。えーと、この人はこのアナウンサーさんと……。線で結ぶ。

マエダ社長も出ていた。

「えーと、この人はゴーリキちゃんよね」と線で結び、初めてミスに気づいた私である。

マエザワ社長、ゴーリキちゃん、本当に失礼をお許しください。

さて、恋は秘めごとというのは本当であろうか。じーっとじーっと我慢して耐えなくてはならない恋なんて、本当にあるんだろうか。

友だちで奥さんのいる人とつき合っている人は多いが、これが長くなるとやがてネジれてくる。どんな形にせよ、相手の奥さんに何かメッセージを送りたくなってくるようだ。面白い話は山のようにある。コワい話も。

有名人とつき合っている人で、マスコミにバラす人は時々いる。あれは本当によく

ないことだと、私はちょっとムカつくのである。

私は経験したことはないけれど、有名人とつき合うのって、すごく楽しくてわくわくすることであろう。

しかし有名人とつき合うのは大変。二人でレストランにも行けないし、一緒に歩いたりも出来ない。ひっそりと待っているだけの仲。彼の心変わりで、いつでも終わってしまう。が、それはあまりにも淋し過ぎる。あの男の人と愛し愛されたということを、ちょっぴりでもいいから、世間の人に知ってほしい。そういう気持ちから、マスコミにチクリ、ということになるのであろう。

今からずっと昔のこと、私はふつうの女の子から、ある日突然有名人になった。本当に一ヶ月ぐらいで世界がガラッと変わってしまったのだ。私は若く愚かであった。この時にしたいことがあったのだ。

「芸能人みたいに熱愛報道で追っかけられたい」

その頃つき合っている大好きな人がいたのだが、その彼のことをペラペラ喋りまくり、テレビで、もらったリングを見せびらかした。すぐにフラれた。が、やってみたかったんだから仕方ない。失恋して泣きまくったけど、どこか気の済んだところはあったかも。

ミンクのコートが…一万五千円になった

自分は本当におしゃれじゃないなあと、つくづく思うのは、パーティーに出た時。ちょっとしたおしゃれなドレスを持ってない。持ってはいても、小さくなって着られない。

それは真夏の夜の、素敵なパーティーであった。着席式のビュッフェという、今、流行のスタイル。芸能人や有名人もいっぱい。浴衣の人もいたけれども、たいていの人は肌を出した軽やかなワンピやブラウス。透ける素材も多い。

それなのに私ときたら、紺のジャケットである。その前に気の張る対談が二つあったのだけれど、家に帰って着替える時間はあった。なぜしないのか。理由はいくつかある。

①二の腕が水かき状態でノースリーブが着られない。

②サイズが小さくなり、たいていのワンピが着られなくなった。

③トシとってガーリッシュなものが着られなくなった。

三年前のプラダの花柄ワンピを着たら、秘書のハタケヤマが、

「冗談で着てるみたい」

と笑ったっけ。

④モノを捨てないので、クローゼットが溢れかえっている。もう何を持っているか把握出来ない。

私はいろいろ考えた揚句、①と②を解決すべく、ダイエットに精出すことにした。今度こそ本気でやる。

③はもう仕方ない。が、④と結びつければ何とかなりそう。そう、本気で断捨離。

私はこれに関して自分一人では出来ないと、よーくわかっているので、姪に助けを求めることにした。夏休み中の彼女を呼び出す。

「私のいらないもの、メルカリで売ってくれない？　何割かはお小遣いであげる」

そう、彼女は私のバーキンとケリードールを二個、銀座に持っていき、いちばん高

値の店で売ってきてくれた。その際、キャッシュで大枚をもたらしてくれた実績の持ち主。

私は彼女にバブル時代の遺産を見せた。それは大昔つくったミンクのコートと、アライアのコート。これはものすごくカサ高い。なんとかしてほしい。

それから最近買った、八センチないし十センチヒールの靴。どうしてこんな高いヒールの靴を買ったのか、自分でもよくわからない。ほとんど履いてないものが八足もあった。

「とりあえずこれを、みーんなメルカリで売ってくれない？　ミンクのコートなんか、欲出さないで。タダでもいいくらいだよ」

「おばちゃん、そんなに焦らなくてもいいと違《ちゃ》う？」

と関西育ちの彼女。

「毛皮だったら、メルカリよりも銀座の専門店の方が高いと思うワ。まず私、写真撮って査定してもらうね」

さっそく写メで撮り、パソコンをいじり始めた。

が、ミンクのコートは、今ほとんど需要がなく、一万五千円から二万円だと。

「このロングコートで、可愛いジャケット二枚つくれる、ってコメントで書いといてよ」

といつのまにか、欲を出している私である。意外なのは靴の値段。どれも海外ブランドのものではあるが、一万五千円という値がついたのだ。メルカリに出しても、同じような査定であった。

しかしなあ、ミンクのコートが靴一足分か。これ、かなり高かったよな。オーダーだったし。

そう、あれはウィーンのオペラ座の舞踏会。エメラルドグリーンのイブニングドレスを着た私は、このコートをまとっていたんだわ。バルコニーの席にまず座り、後ろにコートをかけた。女性はみーんなミンクのコートだったと記憶している。あのゴージャスな思い出のコートも、靴一足分なのか……。しばし感慨にふける私。

友人は教えてくれる。

「メルカリだと、何でもオッケーだよ。使いかけの化粧品でも売れるよ」

が、それは抵抗があるので、靴の次はバッグを断捨離していこうと思う。その次は洋服だな。ダンボールでどーんと送りつけられるところを聞いた。

これについては苦い思い出が。昔、大量の不要のものを、ハタケヤマの名でリサイクルショップに送ったところ、二束三文の値だったのだ。

「ぜーんぶブランド品なのに、ちょっと安過ぎませんか」

と電話したところ、

「このサイズの服は、買う人がそうそういませんから」

だって。頭にきてすべて返してもらった。受け取り人払いだったのでまた腹が立った。

しかし今の世の中、買い取りはものすごく進歩している。ZOZOTOWNにダンボールで送っても、一点一点ちゃんと見て、値をつけて、なぜその価格かを説明してくれるそうだ。

若い人はユニクロをまとめて売っているという。びっくりだ。とにかく進化し拡大し続けるリサイクルの輪。私もその中に入れてほしいと思う。すっきりしたカラダで、すっきりした暮らしをしたい。私は心からそう願っているのである。

ただ好きなだけ
onna no hensachi

お久しぶり、ロンドン！

なぜかこのところ、行くことがなかったロンドン。

五年ぶりに出かけた。目的は渡辺謙さんが主演しているミュージカル「王様と私」を観ることだ。

そう、三年前のニューヨーク公演の時も行ったんだっけ。今度またロンドンと聞いて、謙さんファンの私としては、行かないわけにはいかないでしょ。

だから買物をするつもりはなかったけれど、友人から言われた。

「バーバリーを買ってくれば。本国なら品揃えもいいよ」

さっそくロンドン本店へ行ってきた。あの懐かしいチェックの柄がいっぱい。昔は

どうってことなかったこれが、懐かしくて、とてもおしゃれに見える。

ひと頃、日本のおじさんたちは、みんな冬になるとバーバリーのマフラーをしていたっけ。ライセンスものが、わりと手頃に買えたのだ。こうして並べられていると、

「お久しぶり！」

と思わず手にとってしまう。

今回の旅行は、若い女の子たち二人と一緒だったので、ついいろいろと思い出話をする私。

「今から二十数年前かしら。安室ちゃんが結婚記者会見をした時、バーバリーのプリーツスカートをはいていたの。それがとても可愛くてね、あのスカートは売れに売れたはずだわ」

それと同じプリーツスカートを探してみたが、もうつくっていないようだ。その代わり、バーバリー柄のポシェットバッグを買った。女の子たちはバーバリーにはあまりなじみのない世代であるが、

「わー、かわいい、かわいい」

と叫ぶ。

今度は表参道店の方も、ちょっとのぞいてみようか。

さてロンドンは、何を食べても不味いという印象が強かったのであるが、今回は違う。インド料理、中華と結構いける。

それから、ロンドンときたら、やっぱりアフタヌーンティーでしょう。いろいろ調べてもらったのであるが、ザ・サヴォイ、ザ・リッツといった一流どころは服装がとてもうるさく、スニーカーだったりすると入れてくれないそうだ。そんなところは敷居が高いので、もっと気楽なお店にと、フォートナム&メイソンのティールームを予約しようとしたら、満員であった。

ホテルのコンシェルジュが、

「ハロッズのティールームがいいですよ」

と勧めてくれたので、女三人で行ってみた。すると出てくる、出てくる。サンドウィッチのトレイに、スコーン、ケーキがぎっしりのトレイ。今回初めて知ったのであるが、アフタヌーンティーのトレイは、下から食べるのが正式のマナーだそうだ。スコーンは二つに割って、バターとジャムを塗って食べる。それにしてもなんて優雅な時間なの！　もっとも私は写真いっぱい撮って、日本に送りまくっていたが。お行儀悪いですね。

そして三日目は、なんと世界何番目かのレストランといわれる〝ファット・ダック"へ。ここの予約は半年待ちなのであるが、山本益博さんがオーナーと仲よしなので、無理して予約をとってくれたのだ。

ここはロンドンから車で一時間ぐらいの郊外にある。どうっていうことのないふつうの一軒家であるが、中にいろいろ仕掛けが。まずドアを開けると、中が鏡張りになっている。「不思議の国のアリス」をイメージしているのだ。

テーブルに着くと、とても綺麗でイノセントな感じの若い女性がやってくる。そしてふんわりとした果物のムースをその場でつくってくれた。

「これから夜が始まります。やがて朝がやってきますよ」

明日、何を食べたいか、ドアにかけておくブレックファーストのカードに書き込む。そうやって夢の世界へ。

ふわふわしたクッションが、器の上で宙に舞う。これは磁石で浮かせているのだ。上には白いマシュマロケーキが。

こういう時、手を出さずにはいられない私。器とクッションの間につっ込んだら、たちまち落ちてしまった。失礼。

何皿目かにホラ貝が出てきた。中にイヤホーンが入っている。耳に入れると波の音が聞こえてくる。それを聞きながら、貝のお料理を食べる仕掛けだ。

つまり耳と目、におい、五感をすべて使って食べるお料理なのだ。

最後は「夏の思い出」ということで、私たちのためだけに、ラムネのシャーベットを出してくれた。なんと四時間かかった食事であるが、それだけの価値はある。あぁ、本当に楽しかった。

そして最後の夜は、もうひとつミュージカルを。「レ・ミゼラブル」や「ファントム・オブ・ジ・オペラ」といったなじみのものでもよかったが、今のトレンド「ザ・ブック・オブ・モルモン」を。これはモルモン教の宣教師を思いきりおちょくったもの。英語がわからなくても大丈夫。やたらおかしい。

楽しすぎるよ、ロンドン。もっといたいと、一緒に行った女のコは涙ぐんでた。

夢を追う女の子

　私は「週刊朝日」という雑誌で、対談の連載を持っている。毎週いろんな方と会う。文化人もいるが、芸能人もいっぱい。旬のイケメン俳優さんとお会いする時は、ものすごく緊張する。嬉しいけど、やなオバさんに思われないように必死だ。

　そんなことはともかくとして、この週刊誌、夏になると恒例の「女子大生シリーズ」が始まる。選ばれた可愛いコが、水着で登場するのだ。

　バブルだった頃、このロケはハワイで行われた。そしてカメラは篠山紀信さん。毎年どんなコが登場するか話題になったものだ。ここからいっぱいスターが出たのはご存じのとおり。宮崎美子さんの愛らしさは伝説になっている。女子アナもうじゃうじャ出た。

私のママ友にものすごい美人がいて、今は女性誌の〝読モ〟をしている。彼女はなんと高校生の時にこの週刊誌の表紙を飾り、芸能界の誘いをいっぱい受けたそうだ。しかしご両親の反対にあい、ふつうに大学へ行き、今は社長夫人である。こっちの人生もよかったかも……。

まぁ、そんなことはどうでもいいとして、この女子大生シリーズ、今はカメラマンも変わり、ハワイではなく沖縄となっている。しかし毎年綺麗なコがたくさん応募してくるのは変わらないようだ。

今回の表紙を見て、「お、かわいい」と思い、まあそれなりの大学に通っていると、

「きっと女子アナ志望なんだろうな」

と予想する。

そしてインタビュー記事を読むと、百パーセントの確率で、

「夢は女子アナです。言葉で人に感動を与える仕事をしたいです」

と答えている。

やっぱり今も昔も、女子アナは憧れの特殊な仕事なのだろう。女性として「特A」のラベルを貼られたようなもの。

ところで最近、ある文学賞の選考会があったのであるが、私は受賞作を推さなかった。なぜならば、主人公の女の子はいろいろ屈折した過去を持ち、お父さんを殺害したという設定である。

「女子アナの二次試験に落ちた」

というのがキーワードになっているのであるが、私は選評にこう書いた。

「女子アナは自己肯定のカタマリのような仕事。このキャラクターでは希望しないはず」

まず目を見張るような美人か、タレントにもなりそうなキュートな容貌。明るい性格でアピール能力も強い。そしてそこそこの頭を持ち、自分にものすごい自信を持っていなければ、アナウンサーには挑戦しないでしょう。

「たまたま応募したら受かった」

なんて言いわけは通用しない。大学二年ぐらいからテレビ局がやるアナウンススクールに通い、顔と名前も売っていかなくてはならないのだから。

なんでこんなことを言うのかというと、女子アナ志願者と、女優志願者とはどう違うかなあと考えるからだ。

最近、女優志願の女の子とつき合うことが多くなった。ロンドンもマユコちゃんと一緒だった。彼女は家族とハワイに行ったことはあるが、ヨーロッパは初めてだという。

「ロンドンでミュージカルをいっぱい観たい」

ということで「王様と私」の他に「ザ・ブック・オブ・モルモン」のチケットもおさえておいた。今は東京でパソコンからいい席を予約出来る。

幕が開くと、マユコちゃんは目をキラキラさせて舞台を観ていた。そして口に手をあててずーっと大笑いしている。本当に舞台を心から楽しんでいる様子であった。彼女は舞台志望である。一度主役をつとめるミュージカルを観たことがあるが、黒人の歌手に扮し、歌ったり踊ったりしてまるで別人であった。大柄で手足が長い。たぶんミュージカルに向いていると思う。

もう一人の女優志願のA子ちゃんも、ミュージカル女優を目指している。今は芸能スクールに通っているが、近いうちにプロダクションに入りたいそうだ。私はこの二人を心から応援している。といっても何も出来るわけではないので、チケットを買っていろんなお芝居を観せてあげることぐらいだ。

女子アナになるのもむずかしいけれど、女優になるのはもっとむずかしい。才能に加えて〝運〟というものがある。脚本家の友人はこう言った。

「味わい深い傍役、というポジションがあるけど、若いコが最初からこれ狙えるはずないよね。三十年はかかるよ。若いコは最初はキラキラして主役を狙わないと」

マユコちゃんやA子ちゃんが将来どうなるかはわからない。が、彼女たちの夢を聞いて、ちょっとでも手助けしてあげようと考えるのは最近の私の楽しみのひとつ。お芝居観ておいしいものを一緒に食べる。

もし女子アナ志願の子と知り合いになっても、あ、そう、という感じだろうが、「女優志願」って、その名前だけで素敵。女優志願の方が、女としてもっと無意識な、体育会系のような気がするのだ。応援するならだんぜんこっちの方。

逃せないチャンス

世の中で私が誤解されていることのひとつに、

「芸能人と仲がいいんでしょ」

というのがある。

とんでもない話で、彼女たち、もしくは彼らは人気者になるほどガードが固い。マネージャーがいつも一緒だ。対談でおめにかかっても、

「ライン交換しましょう」

なんていうことはまず不可能である。

ラインを知っている芸能人というのは、三人ぐらいしかいない。全員トゥが立って

ある女性ばかり。本当に残念である。

　某アイドルとごはん食べたことは何回かあるけれども、いつもマネージャーさんが傍にいたっけ。あれをかいくぐって、ラインを聞くなんてまず無理であろう。そもそもあちらが教えてくれません。

　ところでつい最近のこと、京都の仲よしの友人からメールがきた。

「八月×日、京都の△△で四席取れた。◯◯君も来るからどう？」

　ひぇー、卒倒しそうである。

◯◯君の名を言えないのが残念であるが、超がつくぐらいの人気者。主演した映画はどれも大ヒットの三十代の俳優さんである。

「行きますよ、行きますとも！」

　たいした用事はなかったので、すべてキャンセルして京都へ向かう。

　カッコいい男の人に会うために、新幹線に乗るというのは格別の気分である。そう、その昔、京都に好きな人がいた私。週末にはいつも新幹線に乗っていたっけ……。

　久しぶりにワクワクして居眠りもしない。柿ピーを食べるのもやめた。

　友人いわく、

「◯◯君とは六時に、駅の八条口で待ち合わせしているんだ」

あんな人気者が、いつも一人でやってくるのだそうだ。変装もしない。帽子だけをかぶっているのでかえって目立たない。まさか彼が一人で改札口に立っているとは、誰も思わないようだ。

「私も六時に行き、◯◯君をお守りいたします」

とメールをうったが、三時半に到着するチケットをとうに買っていた。それに女性は、やっぱり早めにホテルにチェックインして、いろいろ身じたくを整えておきたい。

その日、ホテルに着いた私は、美容室を予約しようとしたが、既にいっぱいだという。他のサロンと思ったのであるが、台風が近づいてすごい雨が降ってきた。仕方なくTシャツを着替え、化粧をするぐらいにとどめておいた。

やがて六時がきて、友人の奥さんが迎えに来てくれた。△△は今の京都を代表する名店、予約は半年先でないと取れないお店だ。

奥さんが言うには、◯◯君は食べるのが大好き。京都のこのお店行かない？　と誘うと、スケジュールが空いてさえいれば、一人で気軽にやってくるという。

「それにね、ものすごく感じがよくて、気さくに写真も一緒に撮ってくれるのよ」

お店が近づくにつれ、ドキドキしてきた。△△のカウンターは二十席と長い。しかも私たちの隣に座ったのは、あきらかにおミズ関係か、パパ活中の女の子。年齢の釣り合わないおじさんと来ている。

「今日はいつもと客層が違うわ」

奥さんがささやく。いつもならもっと年配の人ばかりで落ち着いた雰囲気なのに。その日はおじさんに連れてこられた若い女の子が三人。○○君に気づかないはずはない。

やがて六時半になり、迎えに行った友人と○○君がやってきた。そのとたん、あたりの空気がさっと変わる。テレビで見るより、背が高い。そして、信じられないほど綺麗な小顔！

「はじめまして」

と私の隣に座った。位置関係を言うと、私と○○君を中心に、私の隣には奥さん、○○君の隣には友人が腰をかける。出来るだけまわりからブロックしようとしたのだ。

しかし私のひとつおいた隣のおミズっぽい女の子は、なんとか接近しようとして必死だ。彼女の隣の奥さんにしきりに話しかける。

「夢みたいです。私、昔から○○君の大ファンなんです」

「アンタばっかりじゃないわよ。日本中の女みんなそうよ」

私はひとりごちた。フン。

やがておいしい懐石料理が終わり、私たちは◯◯君を守るようにして玄関へ。そうしたらやさしい奥さんが、隣の女の子のことを伝えた。すると、

「だったら写真ぐらいいいですよ」

とひき返す◯◯君。なんていい人なの。

そして私もさっきからチャンスをうかがっていたツーショット成功を果たす。二人の写真をさっそく十人ぐらいに送った。もちろんアンアン編集部のシタラちゃんにも。すぐ返事が。

「ハヤシさん、私が中学生の時、生まれて初めて書いたファンレターが、◯◯君あてでした。そしてちゃんと返事が来ました」

それはマネージャーが書いたんじゃないの、と言いたいのをぐっと我慢。これからみんなでお茶屋バーに行くと、もっと羨ましがらせなきゃ。あー、京都の夜は楽しい。

スカートが似合う！

長いつらい夏がやっと終わった。

これから秋がやってくるとほっとしてると、また三十度以上の日がやってきて、

「いったいどうなってるの！」

と叫びたい日々。

しかし不思議なもので、暑いことは暑いけれども、気持ちはとうに秋の方に向いている。そうした四季を尊ぶ私ら日本人。おしゃれな人は白いものを着なくなり、替わりにバイオレットやベージュのものを身につける。素材も軽いものからいっきに生地が厚くなる。ニットを着ている人もいる。

つい先日、秋ものをごっそり買った私。そして嬉しいことが。ちょっぴり痩せたのでパンツがはけるようになったのだ。黒い厚手のコットンを買った。これは万能選手でしょう。

ジャケットには流行が強く出る。パッドやボタンの位置で年代がわかる。次に出るのがパンツだと私は思う。タックのあるなしや裾の幅が今年と三年前ではまるで違うのだ。

クローゼットの中で、やっとファスナーをあげながら、

「これはいったい何年前のものだろ」

と首をかしげるものは多い。当時のワイドは形がダサいのである。

この夏、通販で黒のワイドパンツを買ったが、その不便なことといったらない。階段ののぼり降りの際、何度も裾をふんづけそうになった。

まぁ、そんなことはどうでもいいとして、以前買ったパンツの裾の長いのには驚く。どうしてこうなったかというと、試着の時に私がミエはって、すごく高いヒールの靴を履いていったから。しかしよく考えてみると、ふだんの生活で、こんなピンヒールにパンツをはくなんてことがあるだろうか。

私が憧れるのは、モデルさんとか女優さんの私服スタイル。ワイドパンツにフラッ

トシューズの組み合わせだ。が、これは当然のことながら脚の長さが問われる。まぁ、私には無理。

それとは反対に、ひとつ私がステキと思うのは、ストレートのデニムかパンツに、八センチぐらいのピンヒールを合わせるやつ。あれはかなり歩行困難だと思うが、それでも挑戦してみたいものだ。

私のまわりのおしゃれさんたちは、パンツにローファーを組み合わせ、凝った素材のジャケットに、じゃらじゃらアクセをつけたりしている。私が考えるに、パンツ派の方がおしゃれ難易度は高い。そう、絶対に高い。

年をくっても、ギャルソンのパンツをはいたりしているものね。

ところで前にお話ししたとおり、私は今、ものすごく高ーいボディマッサージのところに通っている。どのくらい高いかというと、

「紹介して」

と言ってきた高名な女優さんに値段を告げたところ、

「とんでもない」

と断られてしまったほどだ。

美しいことが商売の女優さんでもしない施術を私がしてていいんだろうか、という

疑問が残るが仕方ない。せっかく紹介してくれた友人の手前、途中でやめることが出来なかったのだ。その人は、

「やめるっていうんなら、私がお金を払ってあげます。だから続けなさい」

とまで言ってくれたのだ。

それで仕方なく二冊目のチケットを買ったのであるが、それもあと一回で終わろうとしている。私としては、これでもういいかなーという気分だ。するとそれを察したのか、エステティシャンでオーナーの女性が、今日私の脚に力を込めながら言った。

「ハヤシさん、ふくらはぎの位置がぐっと上がってきましたよ。脚がぐんと長く見えるようになりました。それから足首もきゅっとひき締まりました」

私はびっくりした。というのは前日、別のところで、

「足首が細くなったネ」

と言われたばかりなのだ。

エステティシャンはさらに続ける。

「ふくらはぎが上にいくってことは、脚が長くなって、すごくスカートが似合うようになるってことなんですよ」

そうか、私ってスカートが似合うようになったのかぁ……と単純な私は嬉しくてた

まらない。そして帰りしな、

「チケットもうありませんよ。次もお続けになりますよね」

という言葉に、うっかり〝えぇ〟と答えそうになったのである。

ところで今年のスカートの流行は、長くてボリュームがあるものと言われている。私のいちばん苦手とするもの。太っている女は、こういうビッグなロングスカートをはくと、何も考えていない、だらしないオバさんということになる。

着痩せするためにはタイトがいちばん。長さはひざ少し上くらいで、これに五センチぐらいのヒールを合わせると完璧である。完璧であるが、面白くはないかも。実は既にビッグスカートを買っている私。これはウエストを隠すか隠さないかで、印象に大きな差が出る。ごまかそうとして上にトップスをのせるとすぐにわかる。つらいとこだ。

ハードルだらけ

結婚なんて、してもしなくてもいい。

最近私はそう考えるようになった。なぜならば世の中に、結婚しなくても幸せに生きている女性がいっぱい増えたからだ。

親しいOLさんは、四十代の同い齢ぐらいの仲よしとシェアハウスに住んでいる。自分たちが年をとったら助け合うのはもちろん、今、親の介護もみんなで一緒にやっていこうという考え方。私はとても新しいと思う。

もう一人の四十代の女性編集者は、猫がイノチ。捨て猫だったコをとても可愛がっている。美人で頭がいいのに結婚する気配はない。

「いいんです。私の人生、猫と恋人がいれば」

バツイチの恋人とは、すごくうまくいっている。あちらももう再婚しないようだが、とても仲がいい。

「週末はいつも一緒」

とノロケていたことがある。ところが最近会ったら、彼とのことがうまくいっていないそうだ。

「突然、彼が猫アレルギーになってしまったんです」

と言うので、失礼ながら笑ってしまった。彼女の部屋に来ると、クシャミと咳がすごいそうだ。

「だけど私、猫と男、どっちを取るかと言われたら、猫の方を取りますよ。絶対に」

と言うので、

「それでこそ女だ！」と励ましてきた。

このように私のまわりは、とても楽しく独身生活を送っている。

しかし私は、夫にものすごく愛され、大切にされている奥さんを見ると、やっぱりいいなぁーと思わざるを得ない。そのうえ夫が大金持ちだったりすると最高。ため息が出るばかり。

その奥さんを紹介してもらったのは今から三年前のこと。

「僕の知り合いの奥さんが、ハヤシさんの大ファンなので、一回食事をしませんか」と某銀行の役員をしていた友人から誘われたのだ。ご主人は世界を股にかける有名な投資家というので、俄然興味を持ったのである。

そしてその奥さんというのは、四十代後半と思われるが、楚々《そそ》とした美人。本当に可愛らしくて、私はすっかり好きになってしまった。ご主人からも、たびたび食事のお誘いをいただく。一度はホテルの中の一流レストラン、この時に素晴らしいワインを持ち込んでくださったのである。

実はこのご主人、お酒はあまり飲まれない。しかし奥さんはかなり飲む。だから奥さんと私のために、「ヒェーッ!」とのけぞるような一本を開けてくれたのだ。

「そんなに高いものなんですか。うちにまだ何本かあるからまた持ってきますよ」

とニコニコしている。

あまりにも豪華なディナーだったので、私はお返しに頭を悩ませた。リターン・バンケットをするにしても、とてもあんなにすごいことは出来ない。

が、ちょうどその頃、ローマ歌劇場の来日公演で、「椿姫」と「マノン・レスコー」をすることになった。さっそくチケットを二枚ずつ買って奥さんを誘う。

「よかったら一緒に行きませんか」

彼女はとても喜んでくれた。そして、

「その後、主人がお食事をと言っていますので」

とお声をかけていただいたのである。

オペラ一日目の「椿姫」の時は、私に急な食事会が入り、会場で別れることとなった。その時の彼女のドレスは、ルイ・ヴィトンの黒。ミニ丈でほっそりした体型にとてもよく似合う。

ところで今回の「椿姫」は、ソフィア・コッポラが演出し、ヴァレンティノが衣装を担当しているということで、ものすごい話題になっている。会場にはイベントの流れなのか、ヴァレンティノのイブニングドレスを着た女性が何人もいる。

「ステキねぇ……」と私は立ち止まった。

「私が若くて美人で、スタイルがよくて、さらにお金持ちだったら、ヴァレンティノのイブニング着たいなァ。だけどハードルを四つ越えなきゃいけないから無理……」

と言ったら、彼女はくすくす笑っていた。

そして昨日が「マノン・レスコー」の公演日。奥さんは白いシャツに黒いスカートというシンプルな服装であるが、衿元にはブルガリのダイヤのネックレスがさん然と輝いている。指輪もお揃い。ご主人が選んでくれたそうだ。

その後、ステーキ屋さんで夕食となったのであるが、ご主人がまた例のワインを持ってきてくれた。

「前回ハヤシさんが喜んでくれたから」

この銘柄は書けない。あまりにも高価でヒンシュクを買いそうだ。家に帰ってからワイン好きの友人数人に写真を送ったら、みんな、この一本が日本にあったのかと驚いていた。全くすごいエビタイである。

そして奥さんは、

「ヴァレンティノ、欲しいなぁ」

と旦那さんに甘えていた。とてもいい感じで。羨ましさをとおり越して、涙が出そう。私なんか夫から、エンゲージリング以外もらったことがない……。

レアチケット、ゲット！

なかなか行けない場所というのがある。

チケットを取るのが非常にむずかしい、というのならK－POPや嵐のコンサートというのがあるだろう。みんなスマホを駆使して、抽選に当たろうと必死だ。

が、これとは別に非常にむずかしいシステムで、最初から、

「よくわからない」

と諦めるのが、宝塚と大相撲。宝塚のチケットは、いつも友人に頼んでいる。彼女はスターさんの後援会に入っているので、そのルートからお願いするようだ。よって、申しわけないのでめったに頼めない。

しかし時々、

「ハヤシさん、〇〇公演行く？」

と誘われることが。たまたま誰かのがまわってくるのだ。

大相撲の方もかなり複雑。二階席だとわりと簡単に取れ、通の友人はそちらに通っているが、やはり見物するなら枡席でしょう。が、この席は手に入れるのが本当にむずかしい。とにかくお相撲は大人気。いい席は相撲部屋を通して買うみたいだ。みたいだ、というのは私も買ったことがないから。

私の友人は、外国からのお客さまが見たいというので、このあいだツテを頼って買ったらしいが、相当苦労したそう。

私も三年か四年に一度、誰かに誘っていただくしか見に行くことは出来ない。

このあいだ久しぶりに、ご招待をいただいた。もう朝からわくわく。何を着ていったらいいのか非常に悩む。なぜなら枡席のスペースはとても狭く、大人が四人だとキチキチだ。特に私のような体型だと、身を小さくしなくてはならない。おまけにお酒や食べるものが次々と運ばれてくる。よって〝体育座り〟をすることもあるので、フレアのロングスカートにした。

そして午後、タクシーで国技館へ。青空にのぼりがひるがえるさまは、本当に綺麗。

この高揚感はちょっと他では得られないものだ。

チケットを持って中に入る。が、そのままアリーナ席ともいえる枡席に行くわけではない。相撲茶屋というところに寄り、案内を頼むのである。

この相撲茶屋というのは、本当は案内所というらしいが、そんな風に呼ぶ人は誰もいないようだ。ここはまさに「江戸」で、見ているだけで本当に楽しい。白いものが混じった、着物姿の美しいおかみさんが仕切っている。そしてたっつけ袴の男の人、出方さんというらしいが、私たちを枡席に案内してくれる。彼らがお酒や飲み物のオーダーを聞いてくれるワケ。江戸時代、明治時代の芝居茶屋と同じだが、あちらはすっかりなくなってしまい、この伝統は今、お相撲だけに残っているようだ。

枝豆、焼き鳥を食べながら取組を見る。焼き鳥は国技館下の工場で焼いているから、おいしいのなんのって……。まったりゆったり本当に楽しい時間が流れていく。

まわりには意外なことに、若い女の子もいっぱい。おしゃれなコが多いのであるが、やはり流行に敏感だからスー女になるのかも。確かに若くイケメンの力士もいっぱい。

ところでお相撲に比べると、ずっとチケットゲットが簡単なのが歌舞伎である。演目によっては即完売ということもあるが、たいていはネットですぐに買える。

何年か前、若い女性に歌舞伎ブームが起こり、客席がぐっと華やいだことがあった。

てほしいものだ。

この頃はあまり姿を見なくなったけれど、若手のスターさんも育っている。ぜひ行っ

「歌舞伎はむずかしそう」

という人がいるが、全くそんなことはない。イヤホン解説でたいていのことがわかる。もしちょっと退屈したら居眠りしてもいい。歌舞伎座でうとうとするのは最高だ。三味線の音がこれまたいい感じのBGM。

役者さんにお聞きしたら、

「どうぞゆっくりおやすみください。イビキは困りますけどね」

とおっしゃった。もちろん本格的に眠るのは演者さんに失礼であるが、長ーいお芝居の途中、ふっと意識がとぶ時がある。それがものすごく気持ちいいのだ。

また歌舞伎座のまわりは、古い下町の風情が今も残り、おいしいコロッケを売る揚げ物屋さんやラーメン屋さんもある。ちなみに裏手はマガジンハウス本社。中には入れないけれど、ピンクの外観はとてもおしゃれ。

この秋はいい美術展もやっているし、クラシックのコンサートもいっぱい。

私はこのあいだ少し時間が空いたので、上野公園を歩いた。藤田嗣治《つぐはる》展を見ようと思ったのである。チケット売場の長い列を見て諦めた。期間中に行かなくては……な

んて思う自分が好き。カルチャーは結局は自己満足であるが、自己満足は自信をつくってくれる。ホント。

一族からジェンヌ！

いとこがタカラジェンヌだったという衝撃の事実を、私が知ったのは昨年（二〇一七年）のこと。

母が亡くなり、いろいろ整理していた時、叔父さんの大学の成績表が出てきたのだ。それがあまりにもひどくて、叔父さんがいかに困りものだったかという話になった。

高校の先生だったのにものすごくお酒好き。二回結婚していると思ったら実は三回だって！　昔の人なのにすごい。その一回目の結婚でのムスメがタカラジェンヌだったのだ。

一度山梨に訪ねてきたらしいが、三番目の奥さんが追い返したという。ひどい話だ。

しかし私とタカラジェンヌとがつながっていたという真実。たとえひとかけらでも美女のDNAは私の中に存在するのである！

そう思うと、タカラジェンヌたちに何か親しみを感じる私である。（おい、おい）

時々対談などで、タカラジェンヌから女優に転身した方々とお会いする。もうその美しいことといったら。天海祐希さんなんか、長身の完璧な美女。先日、宝塚劇場にご主人といらしていた檀れいさんなんか、光を放ってましたよ。

私と唯一仲良しの元タカラジェンヌといえば、そう、ミュージカルを一緒にやった姿月あさとさん。普段はちゃきちゃきの大阪のおねえさんであるが、いったんステージに立つとスターのオーラばりばり。

タカラジェンヌたちは、まだたまごちゃんでもまるっきり他の人と違う。

昨年のこと。札幌を歩いていた私は、大通公園ですごいものに遭遇。それは宝塚音楽学校の修学旅行だったのである。中にはリーゼントの髪の女の子もいる。全く列を乱さず整然と胸を張って行進する彼女たちは、あまりにも凛《りん》としていて近づくすべもない。まわりもびっくりして見ているだけ。

すごいね、かっこいいねーと私と友人は見ていたのであるが、思わぬチャンスが。信号のところで群れからはぐれたジェンヌちゃん、三名発見。こちらは若い子らしくきゃっきゃはしゃいでいる。可愛い！

この時強引に写真を撮ってもらったのであるが、宝塚博士というべき中井美穂ちゃんから連絡が。

「マリコさん、もうあの子たちデビューしましたよ」

パンフレットの写真を送ってくれた。みんな素敵な芸名がついてよかった、よかった。必ず劇場に観に行くよ。

ところがつい最近のこと。弟が自慢そうに、

「うちの妻の姪が宝塚受かったんだ」

と言った。

確か弟のお嫁さんは京都の人。親戚はお医者さんが多いと聞いたことがある。そのタカラジェンヌになった子もお金持ちのお医者さんの一人娘。小さい頃からバレエ、ピアノを習っていたそうだ。

私とはまるでつながりがないが、それでも勝手に親戚ということにして、みんなに言いふらす。

そう、私のいとこのリベンジかも。身内にタカラジェンヌがいるというのはどんなに自慢できたか。

そして先週、私の姪から連絡が。

「おばちゃん、宝塚観に行かない？　私のいとこがデビューするから」

そのチケットがまわってきたんだと。その話を中井美穂ちゃんにしたら、また情報をすぐにくれた。宝塚の雑誌に出たその子の小さなインタビュー記事。さすが美穂ちゃん。

姪に送った。

「やっぱり可愛いねー」

「本当に可愛い。顔ちっちゃくて」

と私。

「あのね、お母さんがすごい美人なんだって。私たち一族の血じゃないね。こんな人一人もいないよね」

と言う姪に、

「林一族に小顔なし」

と返したら、

「オバちゃん、うまーい。そのとおり（笑）」

そんなんで喜んでどうする。情けないと私は叱った。しかし今度の日曜日、みんなで観に行きます。

さて、来週はいよいよ宝塚台湾公演だ。中井美穂ちゃんと一緒に、台北に向かう。ではこのまま、ヅカファンへの道をたどるかというとそんなことはない。ヅカファンへの道のりは長くけわしく、若い頃からコツコツと研鑽《けんさん》を積まなければならないのだ。以前ちょっとエッセイの中で間違いがあったということで、ヅカファンの方が書いた本の中で非難されていた。ああいう方にとって、にわかファンぐらい腹の立つことはないのだ。私は決してヅカファンなんて名乗らないので、どうか見過ごしてくださいね。ただ好きなだけですから。

ついこのあいだ、若い力士とお食事をした。とても楽しかった。が、スー女の方もむずかしく、道は困難だ。

食べて、叩いて

ちょびっと痩せたけれども、今は食欲の秋のまっただ中。ものすごくいろんな誘いが多い。先週は桑名までハマグリを食べに行った。そして昨日は、大人気のイタリアンレストラン〝P〟。

このレストランは、まるっきり予約が取れないことで知られている。何しろシェフがたった一人でやっていて、客席は六つしかない。しかも営業は週に四日だ。この少ない席をめぐって、食いしん坊たちが争っているのである。

私も自分の力で行ったことがない。予約を取った友人から、

「○○日、一席空いてるから来ない？」と誘いを受けるのだ。

今の世の中、人気のレストランというのは、常連たちがあっという間に占領する。みんな半年先ぐらいまで、ずーっと予約をしていくのだ。そして直前になると席を埋めるために、こちらに声をかけてくれるワケ。ご馳走していただくこともあるけれど、きっちり自分の分は払う。それがまた誘われるコツ。

私はその〝P〟に行くたびに、

「私の分の予約もお願いね。来たい人、いっぱいいるから。私も六席、私の友人で貸し切りにしたいの」

とお願いするのであるが、なかなか電話がかかってこない。

「すいません、年内、予約でいっぱいで……」

とシェフは本当に申しわけなさそうにするけど。

それにしても、ここの店ぐらい食べる喜びを感じさせてくれるところはちょっとないだろう。

客たちは一列に並び、彼の仕事ぶりを見つめる。劇場のようだ。

私たちの目の前には、大きな機械が置いてある。生ハムをスライスするものだ。この機械を扱えるのは、認定を受けた職人さんだけだという。

イタリアで長く修業していたシェフは、最高の生ハムを手に入れることが出来る。

それを薄く薄くスライスして、食べさせてくれるのだ。まるで羽根のような舌ざわり。生ハムはいろんな形で六種類出る。最初は舌にのせて、ふわーっと食べる。次は黒イチジクをくるんで。そして目の前で、パイを揚げてくれてその上に生ハムをふわっと……。

そのおいしさといったらたまりません。

次はやはり目の前のパスタマシーンで、あっという間に生麺をつくり、すぐ茹でる。さらにマツタケを細かく切ってパスタにしてくれる。これも最高の一品……。

ワインはイタリアもののペアリング。

彼が一人で全部つくっていくので、食事時間は四時間かかる。が、その満ち足りた楽しさといったらない。最後はアイスクリームマシーンからとり出したバニラ。上に刻んだナッツをかける。

こんなおいしいアイスクリームは食べたことがない……。

とまあ、こんなことばかりしているから当然体重は増える。

だけど大丈夫。私には太鼓があるから。

美容のために太鼓を始めたと書いたのは、もう二ヶ月前のこと。指南役のA子さんは、モデル並みのプロポーションを持つ美人だ。ものすごく変わった経歴を持つ。

山本寛斎さんのところに、PRで入ったのに、カンサイさんがパフォーマンスをする際、

「お前、太鼓をやれ」

と命じられ、一生懸命稽古をしたところ、すごく才能があったらしい。やがて彼女は〝出向〟のような形で、世界的な太鼓パフォーマンス軍団に入る。そして太鼓を叩いて、世界中を旅したそうだ。が、三年前にちょっと将来が心配になり、日本に帰ってきた。今は外資のPR会社のディレクターをしている。

この彼女が太鼓の稽古をつけてくれることになったのだ。私は二の腕が気になるというママ友と、近所の奥さん二人を誘った。祐天寺の駅で待ち合わせ、しばらく歩いて太鼓スタジオへ。

今日はスタジオをひとつ貸し切りにしているのだ。太鼓は大きいのもあれば、小さいのもある。まずは小さいので練習。リズムをとるために勝手に叩き続ける。

「次は音符でやってみましょう」

太鼓にも音符があるんだと。

「ドンドコドン、ドンドコドン、コロスケどん、コロスケどん、ドンドコドン、よかったねー」

これを口に出してバスを思いきり叩く。太鼓は全身運動と聞いたが本当にそのとおりだ。すぐに汗びっしょりになった。

その次は、大太鼓に挑戦だ。

「おおーし、打つぞー！」

気分は林英哲さんである。

「ドンドコドン、コロスケどん」

友だちと向かい合い、気合いを入れて叩き続ける。疲れるが楽しい。やみつきになりそう。

それ以来、私はプラスチックのバチで、毎晩練習をするようになった。次の稽古日は来週である。

ラインに写真を送ったら、やりたい人が続出。みんな二の腕に悩んでいるのだ。

「太鼓は多い方が楽しいわよ」

とA子さん。いつか発表会をやりたいとまで夢はふくらむ。名前は「振り袖隊」だと。

夫の愛は宝石に

「やぁー、ハヤシさん、びっくりしましたよ」

仲のいい女性誌編集長が言った。この人の手がけている雑誌は、いわゆるラグジュアリー誌。四十代のお金持ちでセンスのいい女性が読む類《たぐい》のものだ。

この人が言うには、今、世の中は二極分化がものすごい勢いで進んでいる。多くの女の子は、ユニクロやZARA、ZOZOTOWNで買ったものを上手に着こなし、いらなくなるとメルカリで売ったりするのだ。

が、この反対に富裕層と言われる人は、すごい買い方をする。ハイブランドのお洋服も買う人は買う。それよりももっとすごいのが宝飾の世界だそうだ。

その編集長は、このあいだ京都で行われた超高級宝飾店のイベントに招待された。マスコミの人もほんのちょびっと招《よ》ばれたが、もちろんほとんどはお金持ちの方々。それもご夫婦でだ。みなさんものすごい勢いで、宝石をお買い求めになったそうだ。

「三日間で売り上げ十五億が目標だったようですが、初日でいきなり七億買った人がいるんですよ」

なんだか全く現実味のない話なので、あ、そう、と言うしかない。七億の宝石って、いったいどんなものなんだろうか。一度見てみたいなぁ。つけてる人いるんだろうか。

ところがついこのあいだのこと、知り合いの奥さんとごはんを食べに行った。その際、彼女の胸にダイヤとサファイアの素晴らしいネックレスが輝いているではないか。まだ若くて綺麗なうえに、シンプルな黒のワンピを着ているので、すんごい宝石も全くイヤ味にならない。

「素敵ね。よく似合うよ」

私が誉めると、

「主人が買ってくれました。主人は私よりも宝石を買うのが好きなんで」

ご主人は有名な企業コンサルタントだ。とてもお金持ちみたい。二人はなんと、宝飾店が行ったあの京都のイベントに招待されたそうである。

「ホテルが一泊十四万のザ・リッツ・カールトンだったので、やっぱり何か買わなきゃ悪いかしら。二百万のリングが気に入ったんで、これを買えばいいわよねぇって話していたら……」

担当の店員さんが、露骨に困った顔をしたそうだ。もっと高いものを買ってくださいよ、と。

「それで仕方なく、主人がこれを買ってくれたんです」

お値段は聞かなかったけれど、たぶん千万単位の話ではないかと思う。奥さんにそんなことをしてくれる夫が、どうやら日本にはいっぱいいるらしい。

若い時はそんなに羨ましくなかった。宝石になんかまるで興味なかったし、つけても全く似合わない。それにお金なんか、自分でいくらでも稼ぐもの、と考えていたから。

しかしこの頃は、やっぱりいいなーと思う。それだけ夫に愛されているということが。私などリングひとつ買うにも自分でせっせと働かなくてはならない。しかも原稿書いて本を売る仕事は、タカが知れている。ＩＴとかファンドやっている人の収入とはケタが三つぐらい違う。

でもいいんだもん、と再び自分に言いきかせる。

私はダイヤを買ってくれる人はいないけれど、自分で好きなだけお洋服は買える。これはとても幸せなことではないだろうか。

私と仲のいいA子さんも、お洋服が大好き。しかしあまりお金がないみたいなので、バーゲンの時に誘ってあげる。買う時はすごく慎重だ。悩んで悩んでニットを一枚買うぐらい。彼女の夫は超エリートなのに、

「昔はこんなんじゃなかったのよ。結婚した頃は」

彼女は言う。美人でスタイルもいい彼女は、学生時代からモテにモテた。ゆえにうんと考えたそうだ。東大生でも官僚志望の男の人は、あんまりお金が入りそうもない。商社マンともつき合ったけれど、高給といってもタカが知れている。お医者さんだって、若いうちはビンボーを覚悟しなきゃならないし、勤務医ならばサラリーマンとそう変わらないかも。

そんな時に今のダンナさんが現れたのだ。外資系の超エリート。収入は億近かったという。さっそくプロポーズを受け入れ、海外でも暮らした。可愛い赤ちゃんも生まれて、すべてオッケーと思った頃、ダンナさんが転職した。キッたハッたの外資の金融に、心身共に疲れたようだ。そして収入も激減したそうである。

「今では値札を見て、ため息ついて、諦める生活なの」

と彼女は言うけれど、そう悲観はしていない。夫の底力を信じているようでもあるし、贅沢はもうさんざんしてきたし、という諦めもあるようだ。

まぁ、ダンナがお金持ちだからといって、うかうかしていられない世の中ですよ、と言うのはどう考えても私のヒガミだろうな。

いろんな生き方があるし、いろんな結婚がある。いずれにしてもお金は大切。私が思うに、お金持ちの配偶者を探すよりも、自分がお金持ちになる方がはるかに確率が高い。ダイヤは買えなくても、洋服は好きなように買える。いいじゃないですか。

さよなら、相棒

いつものように、仲よし三人組で台湾旅行に出かけた。

このメンバーで、今までも香港、ソウル、ニューヨークへと行っている。台湾は三度目。何度も書いたことであるが、おしゃれな友人と海外旅行に行くぐらい勉強になることはない。

朝食の時に現れた姿を見て、

「どうして、こんなことが⁉」

といつも思う私。

たとえば三泊ぐらいの近場だと、私はジャケットにボトムス二枚、替えのインナーを三枚ぐらい。そしてせいぜいがカーディガンだ。

しかし彼女たちは違う。上から下まで完璧なコーディネイト。アクセも昨日と違っている。スーツケースはほとんど同じ大きさなのに本当に不思議だ。

元アンアン編集長で、今はフリーのファッションディレクターをやっているホリキさんによると、

「旅行の前日に、何パターンか組み合わせてみる」

ということだ。あわてて詰め込む私とはまるで違っている。

そういえば、ファッション誌のエッセイを読んでいたら、有名なスタイリストが、

「明日着ていく洋服は、前夜のうちに2パターン用意する」

と言っていた。

明日の天気予報、気温を考えて選ぶそうだ。そうすると、コーディネイトに無駄がないということ。私のように今シーズン買ったものばかり着て、このあいだのことをまるで忘れるズボラ女は、ちょっと真似出来ない。

ところでホリキさんは、当然のことながらおしゃれ番長で、流行やブランドものにかけてはプロ中のプロだ。私はホリキさんの、

「これは買っておくべきね」

「買うことない。どうせ着ないでしょ」

という判断にすべて任せてしまう。

羽田で彼女は、よく免税店に入る。ここは市内の路面店にない掘り出し物がよく見つかるそうだ。さっそくシャネルでプチバッグを買っていた。ラメ入りですごく可愛い。

一緒に行く中井美穂ちゃんも、色違いを買った。私も、と言いたいところであるが、こういう小さいバッグは、タテヨコ大きい私にはまるで似合わない。

今回私にはおめあてがあった。それは靴をいっぱい買うこと。昨年、台北の街角で、小さなシューズショップを見つけた。若いデザイナーがつくっているらしいのだが、とてもセンスがいい。デザインが可愛いうえに、やわらかい革で出来ている。前に無理してピンヒールを履いた結果、小指をいためてしまい、硬い靴はいっさい受けつけない私。ところがここの靴は、大きく拡がるうえに、真中にスリットが入っている。まさに幅広、甲高の私のためにあるような靴なのだ。しかも五千円ちょっとという値段。嬉しくて三足買ってしまった。

中井美穂ちゃんも興奮している。

「マリコさん、私も欲しい。オソロにしてもいいですか」

「もちろん」

黒にペパーミントグリーンのアクセントが入ったフラットシューズを、美穂ちゃんは旅行中ずっと履いていた。

しかしこういうものだけでは、やはりもの足りないかも。

あまり知られていないけれども、台北はブランド店がものすごく充実している。どうやら大陸の方々が買い漁っているらしい。

まずは「そごう」のエルメスから。

ここでホリキさんの目がキラリと光る。

「東京にない財布がある！」

ということなのだ。外側はどうということもないけれど、開けるとエルメスのスカーフ生地でつくられている。その素敵なことといったらない。

私は自分の財布のことを思い出した。もう六年以上使っているPRADAの黒。実は中の小銭入れのところが破れているのだ。

エルメスのお財布はかなりの値段であったが、エイ、ヤッと買ってしまった。そう、こういうのはいい機会である。しかし古い財布を異国で捨てたりはしない。一生懸命働いた、いわば私の相棒である。日本に帰ってきてから、お礼を言った。

「長いこと、ありがとう。あなたのことは忘れませんよ」

そして懐紙に包み、エルメスの財布の箱に入れて捨てた。それからピンクのエルメスの財布に中を詰め替える。

「今度こそお金が貯まりますように。もう無駄遣いをしませんから」

ところでホリキさんと一緒に、久しぶりにグッチもさんざん見た。

「今年のグッチはめちゃくちゃ可愛いよ。デザイナーが代わって、昔へのオマージュがある」

ということで、ブローチを買った。その後はエステに、宝塚台湾公演。こんな楽しい女子旅、毎年出来ますように。必死で働くから。

若い時、どう遊んだか

いやあ、おとといは本当に楽しかった。

某ドラマのうち上げで、スターにいっぱい会ったからである。

北川景子ちゃんなんて、あなた、顔の大きさが私の掌《てのひら》ぐらい。信じられないぐらいの小ささに、信じられないぐらい整ったパーツが配置されている。若いのに気品漂う美女だ。

二階堂ふみちゃんも、画面で見ても美しいが実物はもっと美しいかも。猫のような愛らしさがあり、女の私でも近くに来られるとくにゃくにゃとなる。

今をときめく瑛太さんのカッコいいことといったら。度つきのサングラスに、流行の長めのジャケットが本当に似合っている。

　こういう時、水を得た魚のようになるのが、友だちの藤真利子さんである。彼女は私とほぼ同い齢。若い頃から気が合って、よく一緒に遊んでいた。といっても、彼女は全く別のテリトリーを持っていて、そちらは派手な遊び人グループ。アン・ルイスさんを筆頭に六本木の遊び人グループをつくっていた。私なんかもちろん近寄ったこともないが。

　藤さんはお母さんの介護を十一年も一人でやり、その間は芸能界から遠ざかっていた。ふつうならやつれていそうなものであるが、苦労が全く身についていないのが彼女のいいところ。

　二年前にお母さまを亡くされ、本格的に復帰したら、また元のフジマリに戻ったではないか。そう、彼女の大親友のユーミンが、藤さんのことをフジマリといつも呼んでいたのである。お酒とにぎやかなことが大好きなフジマリ。

　藤さんは今回のドラマでも、たちまちみんなの人気者になったらしい。ベテラン然とせず、若い俳優さんたちともキャッキャッ遊んでいる。

　あるイベントの時、私はたまたま出会った俳優さんたちに言った。

「あの人、ただのオバさんじゃないのよ。若い時はすごかったんだから」

「そうですか……」

「そーよ。アン・ルイスとブイブイ言わせてたのよ」

彼らはぽかんとしたように言った。

「アン・ルイスって誰ですか？」

えー、もうそんな時代になったのか。今でいうと、土屋アンナちゃん、神田うのちゃん、指原莉乃ちゃんのような存在であろうか。時代の先端をいってキラキラしていて、人脈がすごい。

だから、藤さんを見ていると、

「三つ子の魂百まで」

という言葉を思い出さずにはいられない。パーティーの挨拶の時は、

「ドラマの終わりに、やっと瑛太クンのラインゲットしましたァー」

なんて言って笑わせている。思わず、

「じゃあ、グループラインにしてよ……」

とつぶやいている私である。

そして二次会では、藤さんはもう女王さま。ちょうどハロウィンの時だったので、俳優さんたちに命令する。

「あなたたち、どうして仮装しないの？　今からドンキ行って、何かしなさいよ」

そうしたら何人かが本当にお店に走り、みなしごハッチや、セーラームーンになり踊り出し、みんな大盛り上がり。よっしゃと藤さん。

素敵なドレスにふわふわのストールを羽織った彼女は、キラキラしていて本当に楽しそう。とても私と同年代とは思えない。さっきから居心地悪い私とは大違いだ。

「もう私、帰るけど」

「あと三十分だけいようよ。一緒に帰ろ」

なんて言われ続けて、もう長いことたっている。私はこっそり帰ることにした。そしてタクシーの中で、こう結論づけた。

「若い時にどう遊んだかが、その人を決定づけるんだ……」

そういえば藤さんは、今は観月ありさちゃんともすごく仲がいい。いつも、

「ありさ、ありさ」

と可愛がっている。若い時の自分とどこか重ねているのかもしれない。

私の方は最近、若いコで仲がいいとなると、社会学者の古市憲寿《のりとし》君かもしれない。

彼は人をイラッとさせる天才であるが、どこか可愛気がある。本当に面白い。笑ってしまう。

つい最近のこと、何人かでバーへ行った。私の隣にはフルイチ君。彼の隣にはA君が座っていた。A君というのは、今をときめくITの社長である。まだ若いのにすごくお金持ち。女優さんとつき合っているが、あの人ではない。

みんなでキャッキャッ飲んでいる時に、フルイチ君がふと私に尋ねた。あの特徴的な全く抑揚のない声で、

「マリコさん、最近俳優の○○さんと会ったんですよね。彼ってどういう人ですか」

「そりゃあカッコいいわよ。思わず見惚れちゃうわよ」

「そんなにカッコいいんですかぁー」

「そりゃ、もう。横顔見てるともうドキドキ」

その時、A君が肘でフルイチ君をつつき始めた。苦笑している。そう、彼の恋人の前のカレシは、その俳優さんであった。こういうイジワルは、私が昔よくやっていたこと。いや、今もやるかも。人はどう遊んだかで友だちをつくる。

我ら、〝振り袖隊〟

　もう何度も書いていることであるが、私はエンジン01という、文化人の団体の幹事長をやっている。今、人気のフルイチ君や落合陽一さんも入っているボランティア集団だ。二百五十人のメンバーのうち、百二十人ぐらいが毎年、日本各地で行われるオープンカレッジに参加する。ギャラは一銭も出さないのに、みんなやってきて一泊二泊してくれるのだ。本当に有難いことである。

　こういう心意気に感じて、地元の方たちも大歓迎してくれるのが本当に嬉しい。今年のオープンカレッジは、初めての北海道・釧路市であった。ここは素敵な港があり、まるでフランスのニースみたいだ(行ったことないけれど)。魚はもちろんおいしい。講師控え室には、昼食用にいくら丼やお鮨が並べられる。そして地元の女性たちがつくったおにぎりも。

「朝の七時から皆で握ったのよ。食べてね」

と言われて食べないわけにはいかない。新米のシャケのおにぎりのおいしいことといったら……。

「エゾ鹿のカレーもあるわよ」

これもまたバッグンの味。しかも地元の釧路ラーメン屋さんも控えているではないか。

ご存じのとおり、炭水化物というのは麻薬的魅力がある。ひと口食べると、途中でやめることは出来ないのだ。

エンジンのメンバーの多く、特に女性会員のほとんどは糖質制限をしている。それなのにおにぎりを口にしたとたん、

「こうなったらカレーも」

「ラーメンもいっちゃう」

と他のものにも手を伸ばしていた。

私など、こぶりとはいえおにぎりを五個食べ、そのうえ、カレーを食べた。

家に帰って、おそるおそるヘルスメーターにのったら、三日間の釧路でみごとに二キロ太っていた……。

漫画家の東村アキコさんも、エンジンのメンバーであるが、なんと釧路で三キロ太ってしまったそうである。

「炭水化物とお菓子があんなに並んでて、どれもおいしいんだから仕方ない」

ということになり、二人でため息をついた。

「アッコちゃん、太鼓やろうよ」

私はラインで誘った。

「全身運動ですごく楽しい。またお稽古があるからやろうよ」

ということで、前回の三人に東村さんが加わり、みんなで祐天寺の太鼓スタジオへ。

ジャージに着替え、裸足になる。

聞いたところによると、東村さんは子どもの頃、地元のお祭りでよく太鼓をうっていたそうだ。そのためかとても筋がいい。

「それではみんな、頑張りましょう」

と先生。先生といっても、ふだんはPR会社のディレクターをしているのだが、この日のために来てくれる。お金も受け取ってくれない本当のボランティア。

「それではみなさん、声を合わせて、ドンドコ、ドンドコ、コロスケどん」

これは太鼓のリズムの譜にあたるもの。私たちも、

「コロスケどん、コロスケどん」と大声をあげながら太鼓をうっていく。

「もっと胸を張って。それから腕をふり上げて」

と言う先生の肩や背中の筋肉はうっとりするぐらいキレイ。

「私たちの〝振り袖〟も、いつかあんな風になるかしら……」

と友人がささやいた。いつのまにか私たちは「太鼓ドコドコ隊」というライングループ名から、「振り袖隊」ということになっているのだ。

「いやぁー、太鼓っていうのは、いい運動だよー。音を出して声を出すのも、ものすごくいいストレス解消だし」

と仲よしの女性編集者に言ったら、

「ハヤシさん、私がやってるボイストレーニングもいいですよ」

と誘われた。なんでも話し方をきちんと直してくれるだけでなく、正しい発声によって法令線が消えるというのだ。

「私、いつも滑舌が悪いって言われてるし、法令線もイヤ。ぜひそこを紹介して」

ということで、来週さっそく行くことになった。私はテレビにめったに出ないヒト。今年はトータルで三回ぐらいの出演だ。それなのに初めて会う人に、

「いつもテレビで見てます」

と言われてムッとする。かなりインパクトに残るのは、舌たらずっぽい話し方にもあるようだ。おーし、女子アナみたいに喋ってやるぞ。

というようなことを、昨日会ったテツオに話したところ、

「オレがやってるキックボクシングもいいよ。絶対に痩せるし、姿勢よくなる」

ボクシングも、昔エクササイズのひとつとしてやっていた。今もまた再開したい、絶対にしたい。

みんなカラダのために、必ずひとつはしている。しかし私は全部やりたいヒト。いつか何かが効いてくれることを信じて。次々とチャレンジしていくのだ。

連日、美貌レッスン

二の腕の〝振り袖〟をなくすため、太鼓の稽古をしていると、このあいだお話ししたと思う。
何をやってもムダじゃん、という世間の声は大きい。しかしそれにもめげず、いろいろ頑張っている私って、ちょっとエラくない？
ついこのあいだ、うちの近くを車で走っていたら「ピラティス」の看板を見つけた。もちろんその名前は知っているし、以前トレーナーさんが少し取り入れたこともあった。しかし私は「ピラティス」の名前をそこに見つけたことに、なぜか運命的なものを感じたのである。

実はその前日、ある女優さんのインタビュー記事を読んだばかりなのだ。

「ピラティスを始めて、体がすっかり変わりました。ぜい肉が落ちてすっきりしただけでなく、ヒップの位置が上がったんです」

そんなにいいのか、ピラティス。ちょっとやってみようかなあ……、と思っていた時に、この看板が目に飛び込んできたのだ。うちからこんなに近いところにあったとは。徒歩で来られるところだ。

「おーし、行ってみよう」

と私は決めた。どうせ三日坊主で終わるであろうが、それが何が悪い!?　確実に三日はやったわけであるから。

三日坊主といえば、この半年間通っていた痩身整体マッサージ。チケットが終わったことをきっかけにやめることにした。

「ハヤシさん、どうしたんですか。続けなくてはいけませんよ」

とメールを時々もらうが、ここの料金の高さはハンパない。いったい幾ら遣ったんだろうと考えて、思わずのけぞった。あんなにお金かけて、こんなカラダのままじゃん、と思わず涙が出てきそう。いや、一生懸命やってくれているのに、食べまくっている私がいけないのであるが。

しかし、こうしている間に、素敵な情報は次々ともたらされる。

仲のいい女性編集者が言う。

「ハヤシさん、最近、話し方をちゃんと直してくれて、法令線も消してくれるレッスンがあるんですよ」

そう、前回話したあれである。

たまたま隙間のような時間があったので、恵比寿へ向かった。ここのスタジオでやっているのだと。

教えてくれるのは金髪の若い男性である。肌がものすごく綺麗で、特に首すじの美しさはうっとりするほど。

「誰でも喋り方次第で、こんな風になるんですよ。さぁ、やってみましょう」

まず手渡されたのは、「赤いスイートピー」の歌詞。歌を歌いながら、いろんなことを直していく。

私は以前から、口角が下がっているのがずっと気になっていた。いつも怒っているみたい、と人に言われる。そのため、出来るだけ唇を横にひいて、笑顔をつくっていたのであるが、これはいちばんいけないことらしい。

「笑顔というのは、唇を横にひっぱってつくるもんじゃありません。上へ上へ、涙袋にくっつけるようにしてください。その笑顔がいちばん自然でキレイなんですよ」

「U・Aちゃん方式ですね」

と女性編集者。美少女が集まる◯◯プロでは、まずこの笑顔をマスターするそうである。そういえば、ここの事務所のもう一人のスター、T・Eちゃんも笑顔が本当に素敵である。

私たちは鏡を見て、一生懸命唇を上にあげようとしたのであるが、鼻の左右の筋肉がまるで動かない。仕方なく指でひっぱりあげる。息を鼻のまわりにためて、そこを響かせて声を出すのだそうだ。いちばんいけないのは、顎を使うこと。こうすると声は低くなり、喋り方もだらしなくなる。私はずうっとこうだったワケ！

スマホでビフォー・アフターを撮ったのであるが、わずか一時間のレッスンで、顔は確実に上がっているではないか。正しい発声をしていれば、きちんと言葉が相手に届き、顔も弛むことがないんだと。

「いやあー、面白かったね」

「これからもハヤシさん、二人でレッスンを受けましょう」

そのまま私たちは中華レストランへ。いいことを教えてくれたお礼に、彼女をご馳走することにしたのである。上海蟹や北京ダックをがんがん食べた。しかし私のえらいとこは、コースの最後に出たチャーハンを、いっさい食べなかったところである。

釧路で炭水化物のおいしさについ手が伸び、東京に戻ってからも無節制に食べ続けた。その結果三キロ太った。が、

「一週間で増えた体重は、一週間で減らすことが出来る」

という信念のもと、頑張ったのである。

見よ。人間はちゃんと進歩している。が、同時に私はバアさんになっていく。どっちの速度が速いか。これからは真剣勝負である。

〝スーおばさん〟誕生

〝スー女〟と呼ばれる若い女性は、なぜか美人が多い。本当に不思議なほど。スー女とまではいかないが、最近お相撲にハマり始めている私。というよりも、お相撲さんの魅力にハマり始めた、と言った方がいいかもしれない。

それは二ヶ月前のことであった。知り合いから、国技館での大相撲見物に招待された。この方はお金持ちで、ある相撲部屋の後援会長もしている。いわばタニマチ。だから人気のハヤシさんの枡席もふたつ押さえられるのだ。

「ハヤシさんのお友だちを、誰か連れてきてください」

ということで仲よしを誘った。

枡席でのお相撲見物というのは、本当にお大尽気分。まず相撲案内所に行き、席まで案内してもらう。

やがておいしいものが出てくる、出てくる。折り詰弁当にアンミツに焼き鳥。焼き鳥は国技館の地下で焼いているもので、おいしくて有名だ。ビールや日本酒を飲みながら、取組を見るのは本当に楽しい。

「あー、よかったね。また来たいね」

と友だちと車に乗り込もうとしたら、彼女の携帯に一本の電話が。それは有名な整体の先生からであった。この先生はかなりスピリチュアルな力があるという。まるで私たちの相撲見物を見はからったような電話であった。

私の友人はもう何年もこの整体に通っている。お客には彼女のような物書きもいるが、芸能人など有名人も多い。その中に一人の若い関取がいるというのだ。

「ぜひハヤシさんに彼を応援してもらえないかしら」

ということで、整体の先生夫妻とその関取（十両・幕内の力士のことを言う）とで一緒にお食事をしたところ、素朴な本当にいい青年で、いっぺんにファンになってしまった。

そんなこんなで、私は彼の部屋の後援会にも入り、場所中はテレビで応援するようになったのである。ついでといってはナンだが、その整体の先生のところにも行くようになり、腰をマッサージしてもらった。

そんな時、別の大物後援者から、

「いつもA関がお世話になっているお礼に、ハヤシさんを十一月場所のたまり席にご招待したい」

という話が舞い込んできたのだ。あの私の友だちも一緒。

十一月場所というのは、九州場所のことである。

「だったら一泊して、A関も交えてお鮨を食べましょう」

ということになった。

博多の友だちも二人交え、にぎやかにやろうということに話は進んだ。すると、この席に、親方と別の人気力士B関もやってくるという。にわかに緊張が走る。

「どのくらい召し上がるのかしら。失礼がないようにしなくては」

とにかくお鮨屋のカウンターのある個室を予約し、私たち二人は九州場所が行われている福岡国際センターに。

九州場所というのは、しきたりを重んじる国技館とは違い、とてもアットホームな感じだ。たまり席のチケットを持っていると、まずは控え室に案内され、ここでお茶をご馳走になる。たまり会という地元の人たちで運営されているようだ。ハッピ姿の女の子たちが甲斐甲斐しく働いている。まわりは本当に、相撲が好きで好きでたまらないというおじさんたちでいっぱいだ。時間になり、たまり席に案内された。土俵から近いなんてもんじゃない。向こう正面の二列目。友だちのスマホには、次々とラインが。

「二人の顔、ずぅーっと映ってるよ」

「眠そうな顔しないように」

ツイッターでも、「ハヤシマリコが見てる」と騒がれたようだ。

国技館のたまり席でも見たことがあるが、土俵の近くで取組を見ると、その迫力に圧倒される。汗のにじみ方、筋肉の動きも手にとるようにわかる。本当にアスリートたちの闘いだ。

やがてA関登場。私がなぜ彼を応援しているかというと、バツグンのイケメン力士だからだ。体もよく締まっていて、脚が長い。しかし力士にとって、脚が長いのは欠点だと後に親方は言った。

そして私たちが必死に応援したにもかかわらず、彼は負けてしまった。がっかりだ。が、その後、食事の席に現れた彼らのカッコいいこと。鬢《びん》づけ油のにおいをさせなから、羽織をさらっと着てきた二人の力士。日本の男性の美の極致である。今までお相撲にはまるで興味のなかった私であるが、あまりの素敵さにボーッとしてしまう。そしてお食事スタート。

彼らは場所中はお酒は飲まないということであった。お鮨も思ったほどは召し上がらない。それよりも親方の話がとても面白くて、私たちは笑いころげる。

後から羨望のラインが続々と。友人いわく、

「どんな芸能人とご飯食べた、って言ってもこんな反響はなかったわ。たまり席で見て、お相撲さんとごはん食べるって、ふつうの女にとっては夢みたいなことなのねー」

私はもうA関とライン交換したもんね。今度ちゃんこ食べに行くもん。こうして〝スーおばさん〟への道は出来上がった。

髪が凍った！

いつも「時間がない」ことを言いわけにしている私。

まずひどいのがネイル。いつも行くサロンに、もう半年以上ご無沙汰している。自分でヤスリをかけ、ちゃっちゃっと塗ってしまう。が、誰でも知っていることであるが、プロが手をかけてくれると、仕上がりがまるで違う。ネイルを塗る前に、ピカピカに光ってる。

私のようなぶきっちょがやると、ネイルはすぐに剝がれ、その見苦しいことといったらない。ゆえにここのところ、ネイルをしないことも多かった。

そんなある日、鹿児島へ行くために羽田空港に。まだ時間があったのでお茶を飲もうとカフェに行くと、そこの傍にネイルサロンがあるではないか。三十分で爪を整えネイルを塗ってくれるという。おまけにカフェで買ったコーヒーを、カウンターで飲んでもいいんだと。

二人の連れも、

「どうぞ、こちらへ」

とカウンターに誘ってくれた。おかげでぺちゃくちゃお喋りしながら、ネイルをしてもらうことが出来た。ラベンダー色にしてもらい、すごく素敵。

予約も出来るということで、今度は羽田に早めに行ってみよう。

そしておとといのこと、仕事で地方へ行った。飛行機の都合で早く着いたのであるが、講演会まで三時間もある。髪がバサバサなので、地元のヘアサロンを予約してもらった。

ここは創立五十周年の老舗だという。行ってみて驚いた。ビルの中のツーフロアを使い、ヘアはもちろん、ネイル、エステ、なんでもやってくれる。広さと設備がハンパない。まさしく美のワンダーランド。

私はスペシャルトリートメント、というのをやってもらった。シャンプーのあと、たん白質のジェルを髪にすり込んでくれる。この間二十分。その後はエレベーターで下に降り、ヘアエステの個室へ。女の人が待ち構えていて、ホースで冷気をあてでくれる。これはなんとマイナス百五十度。こうしてたん白質を髪の中に閉じ込めるんだそうだ。

やがて私の髪はカチカチに凍った。そして少しずつ溶けてシャーベット状態に。面白い。このあと、シャンプー、ブロウとなるわけであるが、せっかくだからハンドマッサージもやってもらった。これが気持ちいいのなんのって……掌を強く押されると、おぉっと声が漏れるぐらいである。

こうして二時間以上、みっちりキレイにしてもらい、料金は一万円と消費税。東京に較べたら、ウソみたいな値段である。

「またいらしてください」

と笑顔で送られたが、このために飛行機に乗ってもいいような気がしてきた。そして一泊して昨日、東京に帰ってきたのであるが、私にしては非常に珍しく、午後から予定が入っていない。

「どこかに連れていってください」

とA子さんにメールした。このエッセイにも時々出てくる彼女は、美容機器の輸入をしている。海外の最新の機械を、クリニックに売り込む仕事だ。

ふつうこういうところの女社長というのは、ヤリ手でバリバリ、押し出しが強い、という女性が多いのであるが、彼女はお上品な芦屋マダム。離婚してから、自分のいちばん好きな美容を仕事にしようと思ったそうだ。

見かけはおっとりとしているが、仕事は出来る。自分でもいろいろな化粧品を開発し、それを私にくれたりする。何よりも最新の情報がすごく、

「弛みだったら、青山のあそこの先生のところへ行ってください」

と紹介してくれるのだ。

「私、久しぶりにサーマクールやろうと思っているんだけれど」

サーマクールは、レーザーで皮膚の奥深くに刺激を与えるものだ。半年に一回ぐらいはしたいと思っているのであるが、何しろ忙しい。最後に代官山のクリニックで施術してもらったのは、去年のことである。

「マリコさん、サーマクールよりも、もっとすごいものが開発されていますよ」

香港でつくられ、最近日本に上陸したマシーン。銀座と渋谷のクリニックで、十月から使われているのだが、早くも予約殺到という。

しかし彼女はプロであるから、マシーンの販売元で特別にやってもらっているそうだ。

羽田からうちにいったん帰り、渋谷で待ち合わせした。古くて小さなビルに入る。

「内緒だけど、ここに女優さんやモデルさんがこっそり来てるんですよ」

そして事務所のベッドでやってもらった。ビフォー・アフターをスマホで撮ったが、確かに違う。二週間ごとにここに来ることにしよう。

結構いろいろやってる私。肌は確かに誉められる。が、ボディが。時間がないというのは、食べることだけが楽しみになるということ。そう、私はデブのモルモットなの。

あれから二十年

アカマッちゃんにメイクをしてもらうのは、もう二十年ぶりぐらいのことになる。

アカマッちゃん、みんなが彼女のことをそう呼ぶ。ファッション関係、マガジンハウス関係の人気者だ。

初めて彼女と出会ったのは、もう二十年以上前のこと。有名なヘアメイク・アーティスト、Mさんのアシスタントとして、私の前に現れたのだ。

びっくりした。丸々と太っていてほっぺがピンク色。まるで金太郎さんのような可愛さだ。素朴な感じが、ヘアメイク・アーティストという最先端の仕事と結びつかない。

Mさんは笑いながら私に言ったものだ。

「彼女には、しょっちゅうダイエット企画の声がかかるんだ」

当時アンアン編集部の人たちからも聞いた。

「うちでダイエット特集する時、知り合いの中でまっさきに名前があがるのがアカマッちゃん。彼女、目鼻立ちはすごーくキュートだから、三ヶ月で十キロ痩せる、とかいう企画にぴったりなんだけどねぇー」

しかし本人に全くその気なし。

「アカマッちゃんに話持っていったら、きょとんとされてさー。私、今のままでいいと思ってるし、どうして痩せなきゃいけないんですかって。でも確かにそうかも」

まだ渡辺直美ちゃんが出てくるずっと前のこと。

「ぽっちゃりでも可愛い」

という個性をアカマッちゃんは押しとおしたわけ。

体型が似ているせいもあって、彼女は私にとてもなついてくれた。その頃はもうアシスタントではなく、一人で私のヘアメイクをやってくれていたのであるが、ある時私の耳元でささやいた。

「ハヤシさんは、いろんなヘアメイクさんにやってもらうでしょうけど、ハヤシさんのことを、いちばん愛してるのは私ですからね」

楽しい蜜月があった。

そんな彼女にあまり頼まなくなったのには理由がある。だんだん中年になってきた私の顔に、最新のモード系メイクが似合わなくなってきたこと。さらにアカマッちゃんが忙し過ぎて、時間をとれなくなってきたこともある。

そして驚きのニュースが飛び込んできた。

「ボスのMさんと、アカマッちゃんが結婚した」

というのだ。まるでそんな風に見えなかったし、年齢も離れている。みんな口々に

「びっくり！」と叫んだものだ。

しかし八ヶ月後、さらにもっと衝撃が走る。Mさんが癌で亡くなったというのだ。盛大なお葬式で、アカマッちゃんがけなげに喪主をつとめていたと聞き、私の胸は痛くなった。きっと愛する人の最期をみとるために入籍したのだ。

そしてさらに月日は流れ、アカマッちゃんといろんなところで会うようになった。ある時は、人気女優さんとお買物をしている彼女を。またある時は、某若手女優さんと対談する場所に、アカマッちゃんは現れた。ニコニコしながら立っている。

腕がいいだけでなく、人柄のいいアカマッちゃんは、女優さんにもひっぱりだこみ

たいだ。私は思わず、

「アカマッちゃん、出世したね。すごいじゃん」

と口走った。昔はハヤシマリコの顔いじってたのが、今では国民的女優に依頼されているなんて。が、アカマッちゃんは会うたびに私に言う。

「またハヤシさん、やりたいなァ。声かけてください」

そんなわけでおととい、女性誌のグラビア撮影の時に、二十年ぶりにお願いした。アシスタントを従えてやってきた彼女は、昔よりもさらに太ったかも。しかしニット帽に上っぱりのようなチュニックがきまっている。まるでパリの女性画家みたいだ。

四十五歳になったという。

久しぶりにメイクをやってもらいながら、私は彼女の結婚のいきさつを聞いた。なんと結婚するまで二十年つき合っていたんだって。ということは、学校出たてのアカマッちゃんを、ボスが見初めたことになる。五年前に亡くなった最愛の人のことを、彼女は笑顔を交えて語る。

亡くなる直前に引っ越しがあったので、もう大変だったみたい。

「ボスが、こんなところを終《つい》の棲《す》み家にしたくないと、ビンテージマンションを見つけてきました。遺産としてしっかりローンを引き継ぎました」

私はこの純愛を、ぜひアンアンの読者に伝えたいとお願いしたら、

「どうぞ、どうぞ」

と快諾してくれた。

メイクはさらにうまくなっていたアカマッちゃん。私の顔に合う、流行をとり入れたメイクをしてくれた。しかし化粧する前に、きついマッサージがあった。思いきり力を入れるからその痛いことといったら。悲鳴をあげると、

「キレイになるためだから我慢！」

と一喝。すごい貫禄ついて、もうとても逆らえない。

いざ、ブルガリ・アワードへ

ブルガリアウローラアワード2018のイベントが近づいてきたのに、私は何もしなかった。

忙し過ぎて何も考えられなかったこともあるが、デブのままだったことも大きい。

私の当初の考えでは、半年もあることだし、それまでにバッチリ痩せ、イブニングをさっそうと着るつもりだった。そう、見物している人が、

「えー、ハヤシマリコって痩せてるじゃん。スタイル案外いいじゃん！」

と感心してくれるワタシになる……と夢はひろがる。

しかし例によって何もしない……してる、といえば、あの太鼓ドンドンぐらいであろう。

この太鼓を教えてくれているA子さんは、背が高くモデルのような美人である。彼女は何もしない私に業を煮やして、ラインに昨年のイベントの様子を送ってくれた。見てびっくりだ。

イブニングドレスを着た女性、そしてタキシード姿の男性たちは、たくさんの人々に見守られながら、六本木ヒルズのレッドカーペットを歩いているではないか。

「私、こんなの、知らなかったよ！」

「ハヤシさんには、とっくにDVD送っておきましたよ」

「私、そんなの見てないよ」

めんどうくさいからほっておいたような気がする。みんなの前を歩くとは聞いていたけれど、こんなに長く大がかりなものとは思ってもみなかった。

「A子ちゃん、私、こういうの、いちばん苦手なんですよー」

歩き方がおかしい、とよく人に言われる。小幅でちょこちょこ歩くのだ。注意しているつもりでも、上下に動いているらしい。

「それでは、アンミカさんに頼みましょうか」

「おぉ、なんと！」

A子さんの勤めるイベント・PR会社の社長は、テディさんといってアメリカ人であるが、この方の奥さんがアンミカさんなのだ。

アンミカさんとは、パーティーで一度会ったぐらい。それなのに教えてくれるかしら。

「ミカさんは、すっごくやさしい人ですから、喜んでやってくれますよ」

そんなワケで、私は虎ノ門にあるオフィスにやってきた。A子さんの働いているフロアは、広々としていて床がフローリングで、お茶を飲んで待っていると、アンミカさんがやっていらした。テレビ出演の忙しい合い間に、わざわざ時間をつくってくださったのだ。

革のライダースジャケットに、ニットのワンピースというシンプルな格好であるが、それはそれはカッコいい。

「それではハヤシさん、ちょっと歩いてみて」

フローリングの上を歩く。緊張した。

「とてもいいですよー」

と意外にも誉めてくださった。

「つま先が外側向いているので、いいですよー。内向きは困りますからね」

あとから考えてみると、私を萎縮させずに、ちょっとでもよくしようという配慮だったのだろう。

「ちょっと私の歩き方、見ていてね。手を後ろにこうやって……」

そして歩き出す。おぉ、とA子さんも私も声をあげる。さすがは元パリコレモデル。歩いただけで、ふわっとエレガンスという紫色の靄《もや》があたりに漂ったよう。

「見物の人たちに手をふる時、日本人はついおじぎをしようと前かがみになるの。気をつけてね。そんなことより、まずハヤシさん、どうか楽しむ夜にしてくださいね。そんなにビクビクドキドキしなくていいのよ」

最後に温かい言葉をいただいた。

そしてその足で、私はアルマーニのショップへ。今回私はスタイリストのマサエちゃんにお願いしていた。どうか私のサイズに合ったステキなドレスを選んでと。

ちなみにドレスを貸してもらえるのは芸能人だけ。デブの物書きにドレスを貸し出してくれるブランドはありません。自腹です……。

花のプリントのイブニングは、ロングワンピースといってもいいほどのカジュアルさ。マサエちゃんもおすすめだ。これにしようと思ったのであるが、お店の人がもう一着奥から持ってきた。

「これは私が買い付けてきました」

黒いベルベットのイブニング。スタンダードな形であるが、なんだか私に似合うような、それに痩せてみえるのもグッド！

迷った時は二枚買うというのが、私の流儀である。写真を送ったところ、アンミカさんは、黒い方がいいということだ。

「これは背中がぱっくり開くので、総レースのキャミソールを着るのもおすすめですよ」

とお店からのアドバイス。マサエちゃんは当日までに、下着もみんな揃えてくれるという。

私はわかった。着物を買う時も気分は上がるが、イブニングドレスも上がる、上がる。その上がり方はハンパない。

おーし、やってやるぞーと、私は燃えたのである。続きは次回。すんごい出来ごとが待っていた。

シンデレラマリコ

編集者の女性が言った。

「ブルガリ アウローラ アワードは、すべての女性の憧れですよね」

最近、経費節約で、すべてのことが縮小化されてっている。いろんなイベントもせこい。自分たちのPRのために、有名人に受賞させ、パーッとマスコミ呼んでおわり、といったところが多い中にあって、ブルガリはうんとお金をかけてるそうだ。レッドカーペットに加えて、豪華なディナーも用意されている。

しかし前回でもお話ししたとおり、私はこのレッドカーペットというのが大の苦手。芸能人でもない私とは、縁のないものと思っている。

昔、やはり六本木ヒルズで、トム・クルーズを呼んで世界初の試写会があった。有名人の招待客は、一人ひとり観客の歓声を受けながら、レッドカーペットを歩く。そしてその姿は、後ろのスクリーンに大映しになる仕掛けだ。

「私なんかがここを通っても、みなさんシラけるだけだと思うので、どっか別の道を通してくれませんか」

と主催者の人に頼み込み、従業員の通路を通してもらったぐらいだ。

が、今回そんなことは許されない。何しろ私は「輝く女性」として、トロフィを受けるのだから。

控え室にいたら、杏ちゃんがやってきて、その美しいことといったらない。全身ラメのイブニングを着こなしているけれど、歩くたびに太ももがちらっと見える。見ているだけでため息が漏れる。

その他にも女優さんやシンガー、モデルさんといったゲストの方たちがいっぱい。そぉ、アンバサダーをしているKōki,ちゃんもね。その顔の小さいこと、可愛いこと。脚が長く、テレビで見るよりずっと長身だ。とにかくその夜、東京中の美女という美女が、イブニングドレスを着て集ったと思っていただきたい。

私なんかもう別世界で見惚《みと》れるばかり。昔だったら、おじ気づいたり緊張したりするのであるが、もうトシがトシだからなんとも思わない。

「私なんか別枠ですから。ハイ、参加させていただきますよ」

と居直るしかないのだ。

そこへアンミカさんがやってきて、私はどんなに安心しただろう。そう、ミカさんに私は、ウォーキングの手ほどきをしていただいたのだ。

その夜のミカさんは、白いイブニングに髪はピシッとまとめて、五〇年代のハリウッド風。美のオーラをびんびんとはなっている。

「マリコさん、その黒のイブニング、とてもよく似合いますよ」

と励ましてくれるのを忘れない。

「ミカさん、このイブニング、裾の後ろが長くなっているの。歩く時、どうしたらいいですか。ちょっと裾を持った方がいいですか」

「いいえ、そんな必要はありません」

ときっぱり。

「こういういい生地は、ドレスが体についていってくれますよ」

ミカさんが言うと本当に説得力がある。

そして時間になり、私と女優の戸田菜穂ちゃんはグランドハイアットの玄関から、リムジンに乗り込んだ。すぐ真裏の広場にレッドカーペットが敷かれているわけ。いや、ブルガリの場合は、ゴールデンカーペットというけど。

とても寒い夜であった。それなのに観客はびっしり。煌々《こうこう》とライトがつく中、私たちは歩いてインタビューを受けるのだ。

アンミカさんに教わったとおり、胸を張り、肩甲骨をひらくようにした。

すると驚くことが。両側から、

「マリコさーん」

と声がかかり、握手を求められたのだ。中には、

「ずっとマリコさんのファンで、今日、大阪から来ました」

という人も。そういう人には本にサインをしてあげた。歩きながら手をふり、時々握手。そしてサインをしてあげる。ライトは昼のように明るく、私を照らしている。

そお、気分はハリウッド女優よ！　もう、自分に酔ってしまいましたよ。

ディナーは、ヨーロッパ風の細長いテーブル。こちらもヨーロッパ風にものすごく暗い。キャンドルだけでディナーをいただく。お花が素晴らしい。

家に帰っても、シンデレラマリコはいろんなことを考える。

今日は本当に楽しかった。もうビクビクしないで、いろんなパーティーに行こうっ

と。このところ、どこへ行くのも着物が多かったけれど、宝石やお洋服ブランドのパーティーだと、やっぱりドレスだ。ドレスは迷った揚句、二枚買ってしまったけど、これからは花模様の方も着てみよう。二月の終わりには、私が主役の大きなパーティーがある。あれを着よう。そう、そう、もうじきハワイへ行って、クリスマスはハレクラニでディナー。ドレスはあれにしてと。急に発想がセレブになった私である。

秘密兵器があるもん

顔の大きさについては、もう諦めている。もともと私は、遺伝的に顔の大きな一族に生まれた。両親の若い時の写真を見ても、母親の方が父親の一・五倍ぐらいある。

うちの大学生の娘も、

「私、他のコと比べて、絶対に大きい。顔が小さくなりたい」

とぼやいている。

このところトシをとって、ますます大きくなっているような。しかし私には強力な助っ人が出来た。渋谷にある小さな古い雑居ビルの中にある、リフトアップ専門の機器をつくっている会社に行ったのだ。ここではエステサロンに卸しているマシーンを販売しているのであるが、女優さんとかタレントさんといった、ごく限られた人たちを、部屋の隅で試しに施術してくれている。

このあいだ第一回目をやってもらったら、顔がぐーんと上がり、確かに小さくなった。体重は増えているのに、会う人ごとに、

「マリコさん、痩せたねー」と必ず言われるほどだ。

「だけど、いちばん効果がわかるのは二回目ですよ」

そこの若い社長が言った。

「びっくりするぐらい変わります」

それなら、一日も早くやってほしいのであるが、

「一回目から二週間たたないとダメですよ」

ということで、じっと我慢していたのである。

そして昨日が、いよいよ待ちに待った第二回目。例の雑居ビルに向かった。そして二回目をやってもらったところ、確かに法令線が薄くなった。顎もきゅっと締まったような。

「三回目はもっとすごいです」

という言葉を胸に家に帰った。そうしたら、最新のリフトアップマスクが私を待っ

ているではないか。

週末旅行に行き、東北のホテルでテレビを見ていたら、「がっちりマンデー!!」で、「品切れのマシーン」というのを紹介していた。それは黒いマスクになっていて、顔の下半分に装着すると、勝手にブルブルやってくれるというもの。私はいろいろリフトアップの器具を持っているのであるが、すぐに飽きてしまう。が、これなら機械がやってくれるというのだ。

さっそくアマゾンで検索したところ、会社のリストにそのマシーンだけがのっていないではないか。そうなってくると、さらに欲しくなる。

私の友人も同じ番組を見ていたらしく、

「マリコさん、なんとかして手に入らないかしら」と言われた。

「まかせて頂戴」

こういう時のために、長年アンアンに連載している私。さっそく担当のシタラちゃんにラインしたところ、

「ちょうどうちの美容ページでとり上げたんです」

という嬉しい返事があった。しかしやはりそのマシーンは売り切れで、在庫は一個

もないそうだ。

「防水つきというタイプならあるそうですけど、ちょっとお高くなります。それでもいいですか」

いいとも、いいとも。倍の値段でも買うつもりだったもの。そんなわけでさっそく装着したいところであるが、年の瀬は本当に忙しい。夜は毎晩忘年会が待っている。

まず、仲よしの友だちの家でのワインパーティー。いつも十数人が集まり、友だちのすごいワインを楽しむのだ。私たちはチーズとかサラダを持ち込むのであるが、みんな料理しない女ばっかり。焼き鳥がやけに多い食事となった。

そこに若い友人がやってきた。彼は某人気女優さんの恋人である。私はその女優さんと一回だけ、対談でおめにかかったことがある。

「彼女、ここに呼びなよー」

酔った私がエラそうに命じたら、すぐに彼女はやってきた。ふだん着でほとんどスッピンだけど、綺麗なんてもんじゃない。小さな小さな顔の中に、美しいパーツが実にバランスよく配置されている。

おまけにとってもいいコで、キッチンに入りあと片づけもしてくれた。このワインパーティーは、残った料理をパックに入れ、皆で持ち帰るシステムであるが、

「そのサラダとパン、いただきます」

とごくふつうに紙袋の中に入れる。こんな人気者なのにすごく気さくだ。私はつい態度がデカくなり、

「一緒に写真撮りましょうよ」

とお願いした。が、いくら酔っていても私はいつもの動作をとった。それは、うんと顔の小さい人と撮る時は絶対に並ばない。後ろに立つということ。それなのに一緒にいたテツオから、

「二メートル後ろに下がれ」

と大きな声がとんだ。

そして写真はやっぱり、私が二倍ぐらいあった。しかし私には最終秘密兵器が。最近行き始めた整体は、こっそりと芸能人が行くところ。

「顔ぐらいいくらでも小さくしてあげます」

と先生は言ってくれた。乞うご期待。が、私に期待してる人なんかいないか。

自分らしく生きたいの

暮れにハワイへ行った。クリスマスをあちらで迎えるのはとても楽しい。サンタが海の向こうから、カヌーに乗って訪れるのだ。

ダイヤモンドヘッドが見える部屋のベッドに寝そべり、だらだらと本を読む。これで夫がいなければ極楽なんだけれど。

そお、夫は何ごともきっちり進めなければ気が済まない性格。

「レンタカー借りたのに、何もしないつもりなのか。一日中寝てる気か」

とガミガミ怒るのである。

ワイキキのホテルに泊まっているので、ごはんはそこらに食べに行く。ハワイ料理にイタリアン、ハンバーガー。イヴの夜はフレンチ。

そしてわかった。炭水化物抜きではアメリカでは生きていけないことを。そう、昔読んだ「デブの帝国」というドキュメンタリーにも書いてあった。小腹が空いた時、日本人はおそばを食べる。しかしアメリカ人はハンバーガーを頬ばると。

何を言いたいかというと、ハワイにいる間に私の頭から「ダイエット」という文字が薄れてしまったのである。それは今も続いている。日本に帰ってきてからも。なんかもう疲れちゃった……。もうデブでもなんでもいい。楽しく毎日を過ごしたいんだもん。

おととい仲間うちの新年会があった。毎年この日は、六人があるお鮨屋さんに集まるのだ。そこのお鮨屋さんは超人気店で、予約は一年待ちである。だから私たちは毎年、次の年の予約をしていく。まずはシャンパンで乾杯し、その後は料理に合わせてワインや日本酒がペアリングされていく。途中から握りになっていくのであるが、最高のマグロのおいしいこと……。

「本当に幸せだよねー」

男友だちが言った。

「今年もいっぱいおいしいものを食べようね。いい仲間とおいしいものを食べる。これからもこうして仲よくね」

私は忘却してお鮨を食べまくった。そしてかなり酔って帰り、ぼーっとテレビを見ていたら、パシャッという音が。娘がスマホを向けている。

「ママ、すごいよー。もう人間じゃないよ」

写メを送ってくれた。確かにだらしなく足を広げ、その上にお腹の肉がのっかってるオバさんの姿が。

ハワイから食べまくっている私は、自分でもわかるくらいお肉がついている。こわくてもうヘルスメーターにものっていない。

偶然その時テレビを見ていたら、ものすごく太った女性たちが、マイナス三十キロ、五十キロと快挙をなしとげている。人にひどいこと言われた時に、

「ダイエットの神が降りたわ〜」

らしいのであるが、私にはまだ降りてこない。どうして降りてこないのか。私も不思議で仕方ない。

そして昨日、私はある相撲部屋に遊びに行った。友人が朝稽古を見に行こうと誘ってくれたのである。男同士の体のぶつかり合い。すごい迫力だ。この前も言ったけれ

ど、私は〝スー女〟ならぬ〝スーおばさん〟になりつつあるのである。

ちゃんこ料理もとてもおいしかった。おまけにそこの相撲部屋は、イケメンの力士が多いので有名なのである。中でも一人の若い人が、いろいろと私たちのめんどうをみてくれる。二階のプライベートな部屋まで案内してくれた。

廊下に体重計があった。

「これは二百キロまで量れますよ。のってみますか」

もちろんのりません。しかしその体重計が面白くてスマホを向けると、

「ボクがのってみましょう」

と。やさしい人だ。百六十三キロとあった。がっしりとした筋肉質の体なのに、やっぱりあるんだ。

その際、彼のつき出たお腹の半分が映り、とてもシュールな写真になった。その他にもお相撲さんと一緒の写真を友人に送ったところ、

「あなたがものすごくきゃしゃに見える」

という驚きの声が。そう、力士に囲まれると、私は本当に細っこく見えるのだ。

ハワイでもそうであった。あそこは水着にTシャツを羽織ったぐらいで平気で大通りを歩く。中にはビキニだけの女性もいる。

もちろんモデル体型の人もいっぱいいるが、白人のおばさんの肉のつき方のすごいこと。ものすごいボリュームのお腹を全く隠すことなく、ゆさゆさ揺らして歩く。そして二の腕だって丸太ん棒のようであるが、隠すことなく堂々としている。あの中に交じれば私なんか平均の体型ではなかろうか。

そういえば新聞にこんな記事が。ダイエットばっかしていた女性が、リバウンドしてしまった体をＳＮＳにさらし、

「もう自分らしく生きていくの」

と語ったところ、すごい同意の声があがってると。私もそろそろ、あっち側にいこうかなと……。ダメ？

本書は、２０１９年5月に小社より刊行された単行本を文庫化したものです。

マガジンハウス文庫

女《おんな》の偏差値《へんさち》

2022年8月4日　第1刷発行

著者　林真理子《はやしまりこ》
発行者　鉄尾周一
発行所　株式会社マガジンハウス
〒104-8003　東京都中央区銀座3-13-10
書籍編集部　☎03-3545-7030
受注センター　☎049-275-1811
印刷・製本所　中央精版印刷株式会社
本文デザイン　鈴木成一デザイン室
文庫フォーマット　細山田デザイン事務所

マガジンハウスのホームページ　https://magazineworld.jp/

ISBN978-4-8387-7109-7 C0195
JASRAC 出 2205645-201